그럴 수도 있어

그럴 수도 있어

초판 1쇄 인쇄   2011년 02월 11일
초판 1쇄 발행   2011년 02월 18일

지은이 | 안　영
펴낸이 | 손형국
펴낸곳 | (주)에세이퍼블리싱
출판등록 | 2004. 12. 1(제315-2008-022호)
주소 | 서울특별시 강서구 방화3동 316-3 한국계량계측회관 102호
홈페이지 | www.book.co.kr
전화번호 | (02)3159-9638~40
팩스 | (02)3159-9637

ISBN 978-89-6023-537-3 03810

에세이 작가 총서 361

그럴 수도 있어

안영 지음

이 책은 지난 2006년부터 블로그에 꾸준히 실어온 개인적인 감상을 담았습니다. 일관된 주제로 쓴 책이 아니라 하릴없이 빈둥거리다 쓴 글도 있고, 감상에 푹 젖어서 쓴 글도 있고, 저 자신을 격려해주기 위해 쓴 글도 있고 그냥 주목받고 싶어서 쓴 글도 있습니다. 그래서 보기 좋은 순서도 없이 글을 내놓게 되어 읽는 분들에게는 죄송한 마음이 있습니다. 그러나 이렇게 시시때때로 다양한 감상을 쏟는 것이 저 자신이기도 하고 그럼에도 불구하고 일관된 경로가 있다고 생각했기 때문에 굳이 작위적인 순서를 만들지는 않았습니다. 책 제목인 '그럴 수도 있어'는 저의 그런 경로를 담고 있습니다. 어떻게 그래? 라고 생각했던 저 자신이 좀 더 다양한 사람과 세계를 보고 느끼며 그럴 수도 있다고 이해하게 된 과정이기 때문입니다.

때로 스스로가 한심하게 느껴질 때, 다른 사람들의 납득할 수 없는 행동에 상처받을 때, 또 다시 일어날 에너지를 잃어버린 사람을 볼 때 저는 이 문구를 떠올리고 잠시 쉬었다 가는 법을 배웁니다. 사람에게는 누구나 주문같이 자신을 일으키는 문구가 있듯이, 저는 '그럴 수도 있다'라는 문장을 늘 마음에 새기고 저를 다독입니다. 이 흔한 듯한 한 문장이 이 글을 읽게 되는 어떤 분에게 건강한 위로와 격려가 되기를 바랍니다.

표지의 바오밥 나무는 '차고 넘치는 사람'이 아프리카에서 찍어다 주었습니다. 아프리카의 응가이 신이 실수로 거꾸로 심었다는 전설이 있는 바오밥 나무입니다. 그래서 나무 가지가 뿌리처럼 산발을 했습니다만 그럴 수도 있겠죠?

표지에 실을 사진이 없어 단색으로 내겠다는 저에게 바오밥 나무 사진 열 장을 보내준 친구에게 다시 한 번 고마움을 전합니다.

책을 내는 데 가장 고마운 분은 부모님입니다. 쑥스러워서 부모님께 글 한편 보여드리지 않았는데, 검증도 하지 않고 딸의 책 출판을 적극 지원해주셨습니다. 이 책 출판을 떠나, 이 책을 쓸 수 있도록 저를 건강하게 키워주신 점을 감사 드립니다. 어떤 마음으로 저를 응원하시는지 잘 알고 있습니다. 감사합니다.

그리고 동생 고마워. 동생은 부끄러움이 많아서 여기까지 쓰겠습니다.

또 이 책에 직, 간접적으로 언급되는 분들. 이 글을 쓰는 데에 저에게 영감을 주었던 분들에게 감사합니다. 긍정적인 것이든, 부정적인 것이든 덕분에 제가 많이 성장하였습니다.

이 책을 내는 데 용기를 내게 한 친구들에게 감사합니다. 보스턴에 있는 한 멋있는 아가씨, 한국에 있는 절친한 친구들이 아니었으면 '책 한번 내보고 싶다'는 푸념으로 또 그쳤을 것입니다.—늘 저를 웃게 하는 친구, 늘 제가 웃게 해주고 싶은 친구, 시답지 않은 이야기도 경청해주는 친구, 별 이유 없이 그냥 예쁜 친구, 하나를 주면 열을 주는 친구라고만 언급하겠습니다.—

무엇보다 오랜 기간 동안 블로그를 통해 좋은 친구가 되어 준 이웃 분들에게 감사합니다. 가끔 모르는 사람과 소통하며 위안을 얻고 싶었을 때 도와주셨습니다.(이제는 모르는 사람이라고 말할 수가 없습니다만) 이웃 분들이 없이는 꾸준히 글을 쓰지 못했을 것입니다. 감사합니다.

마지막으로, 언급할 수는 없는 친구들에게도 감사합니다.

이 글을 읽어주시는 분들에게도 감사합니다.

차
례

버린 것은 다시 찾을 수 없다

잃어버린 것은 우연히 발견하게 된다.
소파 뒤에 있는 귀걸이 한 짝
예전에 맸던 가방 안주머니에 있는 편지들
책장의 책들 사이에 꽂혀있는 사진 한두 장
같은 것들
그런데 버린 것은 절대 찾을 수가 없다.
무언가를 버릴 때는 단단히 각오해야 한다.
"다시는 못 볼 거야."

PLEASE DON'T ANSWER

이성적이고 과학적인 사고방식을 가진 사람들은 뭔가 어떤 일은 항상 설명이
가능하다는 생각을
갖고 있는 것 같다. 그래서 내가,
"세탁기에 집어 던진 양말은 꼭 블랙홀에 빠진 것처럼 한 짝씩 없어져요!"
라고 말하면
"세탁기 밑에 떨어졌겠죠" 같은 말을 한다.

"거울 양 옆의 거울을 동시에 빨리 돌아보면 거울 속의 나를 따라잡을 수
있어요!"
라는 말은 "빛의 속도보다 빠른 건 없어요"
라는 말에 환희를 잃어버린다.

"인간이 만나는 건 각각 다른 궤도를 돌고 있던 행성 둘이 중력 같은 힘에
의해 같은 궤도를 돌게 되는 것 같아요!"라는 말은 어떻게 반박될 수 있을까.
(Please, don't answer)

잠 못 드는 밤에 양을 세다가

왜 최초에 잠 못 들던 사람은 양을 셌을까.
그는 양 한 마리, 양 두 마리, 양 세 마리
라고 말로 셌던 것일까?

아니면 머릿속에 울타리를 만들고
양의 영상을 하나씩 채워 넣었을까.

아까 셌던 양하고 방금 셌던 양하고 헷갈리지 않으려면
어떻게 해야 하지?
양은 셀 때마다 하나씩 나타날까?
많은 수의 양이 한번에 영상에 있는데 그걸 하나씩 세는 걸까?
이 궁금증이 꼬리에 꼬리를 물어 나는 결국 잠들지 못했다.

하객에게 보내는 편지

안녕! 반가워요. 말을 하고 싶어서요!

글 쓰는 거 말구요.

그래서 이렇게 시작했어요.

얼마 전에 친구들이 하는 말이

결혼식은 토요일 저녁에 해야 하객이 많이 온대요.

사람들이 들르기 좋은 시간이라 그런가 봐요.

저는 들르기 좋은 시간대라 올 사람은 안 부를 거예요.

저는 제일 가까운 사람들만 초대할 것이기 때문에

그런 걱정은 안 해도 되요. 나는 언젠가,

월요일 아침에 전남 보성 녹차 밭에서 결혼할 거예요.

그래도 올 사람은 오겠죠.

내가 결혼한다는데!

안 와도 상관없어요.

신랑은 있을 거 아니겠어요?

글쎄요, 전 어쩌죠?

얼마 전에는 한번 화가 난 적이 있었는데
그때 나의 태도가 나도 참 어이가 없었다.
그 상황을 각색해 보면 아래와 같은 것이었다.

상대방을 임의로 바비 브라운으로, 나를 살모넬라로 칭한다.
바비 브라운 : 살모넬라, 정말 미안합니다.
살모넬라 : 네, 바비 브라운 씨가 미안해하고 있는 거 잘 알아요.

바비 브라운 : 네, 정말 미안해요.
살모넬라 : 사실 바비 씨가 그렇게 잘못한 것은 아니에요.

　　　　그리고 바비 씨가 지금 매우 미안해하고 있는 거 알고 있어요.

　　　　그런데 어쩌죠? 저는 근데도 화가 나네요.

　　　　화를 안내고 싶은데 어쩌겠어요.

　　　　속이 끓는 건 내 맘대로 안 되는 거잖아요.

바비 브라운 : 아, 그럼 화가 안 풀렸다는 건가요? 이런, 그럼 이걸 참 어쩌면

　　　　좋죠!

　　　　제가 정말 미안해서 밥 사드릴게요.

살모넬라 : 밥 사준다고 화가 가라앉나요? 몇 번 말하지만 이건 내 맘대로 안
되는 거라니까요.

바비 브라운: 이런, 이걸 어쩌죠?
살모넬라: 글쎄요, 전 어쩌죠?

이런 말을 뱉고 나니 내 자신이 참 무책임하게 느껴졌다.
그래 그걸 나보고 어쩌란 말인가?
나는 내 안에 화가 나는 자신을 가라앉힐 노력을 할 필요도 느끼지 못했다.
그래야 한다는 것도 알지 못하고.
다만 왜 "이해하고 화내지 않고 싶은 마음"과
"화가 치밀어 오르는 분노"가 분리되어
나를 복잡하게 하는지 어리둥절할 뿐이었다.

그런 나에게 어쩌냐고 묻다니 나 조차도 황당했다.

얼마 전 지인이 나에게 말했다.
"내가 너랑 사귄다면 정말 감당이 안 될 것 같다."
"왜요?"
"언제 어떻게 돌변해서 갑자기 날 싫어하게 될지 예측이 불가능해.
어디로 튈지 모르는 게 매력이기도 하지만 컨트롤이 안 되거든."
"글쎄 아닌 거 같은데."
"넌 너 자신조차 컨트롤이 안 되잖아."
그 말이 사실 좀 오래 박혀서 오랫동안 나에 대해 생각하게 하는 계기를
만들었다.
사실 나 조차도 어렴풋이 느끼던 점이었기 때문에.
알림장에 적힌 숙제를 해오는 것만이 책임감이 아니라,
임신한 여자친구를 지키는 것만이 책임감이 아니라,

자기 자신을 돌보는 것도 아주 중요한 책임감이라는 것을 깨닫게 되었다.
사람들 대부분 이성과 감성의 영역에서 자신을 조율하여
대외적으로는 일관되게 보이려고 노력하는데
나는 편한 대로 여기저기 붙어 다녔던 게 아닐까?
"내 이성은 이렇지만 감성이 이래요."
"지금은 감성이 지배하고 있는데 어떡하라는 거에요."
"지금은 이성이 지배하고 있으니 감상은 금물입니다."
뭐 이런 식 이랄까. 아니면 도대체 이건 뭘까.
나는 왜 내 본성의 영역을 돌보지 않으려 하는 거지?
고삐 풀린 망아지 같다.

글쎄요, 전 어쩌죠?

곱씹어봐도 바보 같은 말이다.
나 자신이 아니면, 어떤 누가 그 질문에 대답을 한단 말인가.

우리는 서로를 인정해야만 한다

누군가에게 최소한 미움을 받지 않으려면 지켜야 할 제1원리가 있다.

사람에게는 어떤 교육과 훈계로도 바뀌지 않는 자신 나름의

가치관과

사고방식과 기질적 특성 및

견고한 습관이 있다.

비도덕적이고 남한테 피해를 준다면 때려서라도 가르쳐야 하는 경우도 있다.

그렇지 않은 바에야,

우리는 사람들의 다양한 기질과 가치관을 인정해야 한다.

사실 우리가 보는 많은 사람들이 서로 많은 공통점을 갖고 있다. 그

공통점으로 소통하는

상황에서는 뚜렷한 갈등이 나타나지 않는다.

그러나 한 백분의 3정도는 세상 그 어떤 사람과도 같지 않은 유의미한 차이를

보이는

개개인 나름의 개성이 분명 존재하는데

이 개성의 대부분은 그 사람의 독특한

가치관/사고방식/기질적 특성/견고한 습관에서 온다.

사실 이것들이 그 개인을 구별 짓는 가장 핵심적인 것이라고 생각한다.

그래서 누군가가,(특히 그 누군가가 개인에게 중요한 사람인 경우에)

한 개인의 가치관/신념/사고방식/기질적 특성/견고한 습관을

부정하는 발언을 일삼는다면

단순히 한 사람의 하루 기분을 망치는 것이 아니라

자괴감을, 극심해지면 우울함과 극도의 공격성을, 후에는 그 발언의 주체에

대한 돌이킬 수 없는

분노를 남긴다. 그 분노와 감정의 강도는 그 주체가 얼마나 가까운가,

그 주체를 얼마나 신뢰하고 의지했는가에 비례한다.

EX.

넌 사고방식이 틀렸어.

넌 그런 가치관으로는 아무 것도 성공할 수 없어.

넌 애초에 가치관이 틀려먹었어.

따라서 우리는 누군가와 갈등이 있을 때,

누군가의 그 고질적인 가치관과 사고습관과 기질에

반대할 때라도 어휘선택을 매우 조심해야 하고

상대방의 존재가치를 훼손하지 않도록 주의해야 한다.

그것은 상대방의 가치의 우열을 떠나

인간 존재하나를 부정해버리는 것이나 마찬가지이기 때문이다.

사람의 가치관과 기질이라는 것이

얼마나 오랜 시간 동안 그 사람의 역사와 경험을 통해

이루어지는 견고한 체계인지 이해한다면….

차라리 "상 욕"을 퍼부을지언정

절대 남의 존재를 부정하는 발언을 하지 말아야 한다.

사람이 칼로 찔러 살인을 하기도 하지만

독설로 저지르는 살인이 결코 그에 비해 가볍지 않다.

결 핍

지난 몇 달 간 컨디션이 최상이었다.

모든 것에 의욕이 생기고 하는 일마다 성과가 좋았다.

표정도 더 밝아지고 많은 사람들이 생겼다.

내 시간에 내 할 일에 몰입하고 결핍은 전혀 없었다.

그래서 내 인생이 오랜만에 아주 건강해진 것 같아서

두려운 것이 없었다.

그래도 그런 때에 더욱 몸을 사리고 겸손해야 한다는 것도 영리하게 알아서

단정하고 매너 있는 쇼맨십을 구사하는 것을 즐기는 지경에 이르렀다.

어떤 날 가끔은 이런 위선에 기가 차기도 했지만

그래도 나도 한 번쯤은 이런 기분을 느껴도 되니까.

그런데 그 밸런스가 어느 날 어떤 이유로 깨진 이후로는

갑자기 그동안 방치해두었던 결핍에 대한 불안이 한꺼번에 몰려들기 시작했다.

내가 그동안 완전하다고 믿었던 내 일상. 평온하고 잘 돌아가던 그 일상이

가능했던 이유는

내가 모든 것에 적정 거리를 유지하면서 정도를 넘지 않았기 때문이었다.

공부나, 일에 있어서 특히 관계에 있어서.

나는 그간에 많은 사람들이 나를 좋아해주고 나에게 친해지려고 하는 것들을
즐기면서
나는 마음만 먹으면 언제든 사람들을 내편으로 만들 수 있다는 오만함과 함께
남의 우주까지 내가 좌지우지할 수 있다는 생각을 했던 것 같다.
그런데 어느 날 문득, 나를 싫어하는 사람이 없다는 것이
결국 나를 유독 좋아하고 관여하여 바꾸려는 노력을 하려는 인간이 없다는
것을 깨달은 것이다

무엇보다 나 자신도 배려라는 표현이 맞는 지는 모르겠지만
너는 그렇고, 나는 그렇고, 걔는 그러니까 인정하고 건드리지 말자는 식의
사고가 강해서
인간에 대해 기대하는 것도 없애고 내가 받는 상처도 내버려두는 것이 익숙했다.
굳이 누구를 바꾸려는 노력과 에너지를 쏟는다는 것,
뭔가를 기대하고 이해하려는 노력을 하는 것조차도 포기해버린 지 오래라는
생각이 들자
그동안 내 일상에서 나 하나로 꽉 찼던 충만함이 갑자기 오그라들었다.
갑자기 내가 있던 공간과 세상이 나 하나라는 공허함으로 밀려들었다.
그리고 이 아주 중요한 깨달음의 시기를 갖게 한
한 인간에 대해 생각하지 않을 수가 없었다.

내가 오만하고 준비가 부족해서 얼마나 인간 하나를 하찮게 생각했는지

물론 그렇게 드러낸 적은 한 번도 없었지만 중요한 인간에게 다가갈 때조차

그 순간의 나 자신만을 의식하고 있었는지가 굉장히 후회스러웠다.

하지만 이것을 깨달은 것은 그 일이 있은 후에도 아주 한참 뒤의 일이었다.

그때까지도 여전히 나는 내 생각으로만 꽉 차 있었고

아주 조금 뭔가 잘못되었다는 생각이 들기 시작했을 때는 어떻게 하면 이 상황을

나에게 유리하게 돌릴지, 동시에 무의식으로는 이 결핍에 대한 느낌을

무시할 수 있을지를 생각했다.

전부터 내심 알고는 있었지만, 내 자신이 얼마나 이기적이고 못

되어먹었는가를 알게 되자

걱정이 되기 시작했다. 내가 이렇게 이기적으로 잘 살아갈 수 있을까?

한 번도 나 자신의 personality 에 대해서 걱정했던 적이 없었던 것 같다.

내가 왜 이렇게 됐을까?

어떻게 하면 정말 좋은 사람이 될 수 있을까.

그 좋은 사람이라는 것을 다른 사람의 시선이 아닌 스스로의 만족감을 위해서

노력해 볼 수 있을까? 내가 정말 다른 사람을 위하고 사랑할 수 있을까?

절대축

사람으로 채워질 수 없는 것을 다른 사람들은 어떻게 채우고 있을까에 대하여,
제일 친한 친구는 하나님이라고 의심도 없이 말했다.
예전 같으면 코웃음을 쳤겠지만
신앙으로 역경을 이겨나가고 마음이 강한 그 친구를 보자니 할 말이 없었다.
나는 종교가 없다며 똑똑한 척 말하지만
매번 흔들리는 약한 사람은 나였으니까.

사람으로는 채워질 수 없다는 것을 분명히 지나고 나면 알게 되는데
근데 그게 또 사람인지라 종종 잊혀지곤 한다.
그리고 그 잊던 순간에는
"사람으로 채워질 수 없는 게 있다니, 그런 냉소적인 인간들은 불쌍하기 짝이
없다"
라며 혀를 찼었는데
사실 뭐가 진실인지는 모른다.
사람으로 가득 차 있던 때가 진실이고, 공허해지는 순간이 결핍인 건지.
인간은 원래 외로운 것이고, 채워져 있던 때는 사실 바람만 들어간 것에
지나지 않는 것인지.

그러니 사람을 기준으로 산다는 것은 너무 상대적이고,
그 관계가 얼마나 오묘한지를 생각하면
위험한 발상이 아닐 수 없다.

내 인생의 절대가치, 내 인생의 절대 축을 갖지 않으면
매번 내가 뭔가에 속고 있다는 기분을 지울 수 없을 것 같다.

그렇다면 나에게 그것이 종교일 수 있을까?
지금으로선 아닌 것 같다.
하지만 종교가 없이도 자기의 강함을 갖고, 혹은 별다른 흔들림 없이 사는
것처럼 보이는
사람들도 많다. 그 부류는 아래와 같다.

1. 강한 신념을 가진 경우
   주로 대의를 좇거나, 그 대의를 위한 자신의 꿈에 매진하는 부류
   신념이 흔들리거나, 회의를 느낄 때 위기가 올 수 있다.

2. 강한 자의식을 갖고 있는 경우
   자기에게 매우 집중해서 세상은 내 위주로 돌아간다는 사고를 갖는다.
   다른 누가 뭐래도 내가 최고야 라는 독단에 가까운 태도
   은근히 매력이 있어, 적도 많지만 친구도 많을 타입인데,
   이게 자기에게 거는 주문인지 정말 날 때부터 그런 사람인지는 의문이다.
   완전히 자기에게 믿음을 갖는 인간이 있을 수 있을까?

3. 절대 사랑을 갖는 상대가 있는 경우

   대부분이 자식을 가진 부모를 생각할 수 있다.

   자식을 가진 부모는 자식이 어떤 태도로 자기를 대하던 상관없이

   그 자식을 위해 흔들림 없이 사는 동력을 얻는다.

   내가 종종 자식을 갖고 싶은 이유.

   하지만 자식이 장성하고 결국 자기인생을 산다는 것을 알 때의 허탈감은

   배가 될 수도 있다는 점에서 위험하고,

   그 상대가 자식이 아닌 연정으로 대하는 자일 때에는

   더욱 위험하다.

4. 사는 게 바빠서 이런 고민은 안중에도 없는 경우

   그동안 나도 이런 편이었는데,

   요새 좀 먹고 살만 한가 보구나.

백지연 아나운서

백지연이 승승장구에 출현해서 말했다.
"비빌 언덕"이 없다는 것, 자기 자신만이 자기를 성장시킬 수 있다는 것을 알고 난 후에는
이따금 그 사실이 슬펐지만 더 나아갈 수 있었다고 한다.
어제까지 제일 친했던 친구도 하루 만에 등돌릴 수 있고
가장 가까웠던 연인도 이별 후에는 남보다도 못한 존재가 된다.
하지만 자기 아들에게는
어떤 인생을 살고 어떤 선택을 하건 간에
항상 지지해주고 뒤에서 버텨주는 변치 않는 친구가 됨으로써,
세상에는 그런 관계도 있다는 것을 증명해주고 싶다고 했다.
나는 그 마지막 말이 굉장히 멋있었다.

아들보다는 백지연 아나운서가 부러웠다.
나도 어떤 사람에게,
내가 좋은 사람으로 살려고 애쓰고 있다는 점,
내가 지향하는 좋은 가치가 있다는 점,
선한 마음으로 그 존재를 지지하겠다는 점,
믿음을 갖고 지켜줄 것이라는 점
등을 증명하는 것에 긍지를 갖는 삶을 살고 싶다.
영원히 지지하고 싶은 한 존재가 있다는 것
그 존재에게 멋진 사람, 본보기가 되는 삶을 살 것이라는 것
그 존재가 나를 전적으로 믿고 의지할 수 있는 신뢰할 만한 인간으로 살아볼
것이라는 그런 어떤 다짐들을 하고 싶다.

부조화

나는 달라진 것이 별로 없는 것 같은데-
사실 자의식이 들어왔던 10살 무렵부터 지금까지 줄곧
내가 갖고 있는 나의 이미지는 사교적인 외양으로 무장한
겁 많은 어린아이 같은 것이었다.

내가 좋아하는 것은 "사교적인 외양"일 뿐이고
어른이 되면서는 그것을 좀더 "세련되고 성숙해 보이도록"
포장하는 법을 익히게 되었다. 이 노련함을 갖게 된 게
그렇게 오래된 것은 아니지만
나는 그 노련해 보이는 내 모습을 매우 좋아했다.
그런데 중요한 순간에는 여지없이 깨지고
다시 10살 때의 겁 많은 어린아이로 돌아가는데
그때의 부조화가 상대방과 나를 모두 당황스럽게 한다.
상대방은 왠지 속은 느낌이려나?
나는 아노미 상태가 된다.
세련된 자아와 어린 자아가 완전히 다른 이중생활을 하고 있어서
서로가 서로를 어떻게 보듬어줘야 할지 모르는 때.
정제된 모습과 내면의 어린이
그리고 그 주변환경은 끝없이 파노라마처럼 달라지고 있다.

봉 사

내가 봉사를 하는 이유는

1. 착하다는 말을 듣고 싶어서
2. 나도 다른 사람에게 도움이 된다는 것을 느끼고 싶어서
3. 내가 인생을 아주 나쁜 놈으로 살고 있지 않다는 것을 주문 걸어주기 위해서

이기적인 이유뿐이다.

안타깝게도 봉사대상자 분들에게 진정한 연민을 느끼게 되는 일은 가끔 뿐이다.

어떤 정의감이 있는 것도 아니다.

나 같은 봉사자는 매우 소수겠지만 (그래야만 한다)

왜 서양에서 개인단위의 사회봉사자가 많은지 수긍이 간다.

어떤 조직적인 봉사는 일종의 사회운동의 방편이 되겠지만

개인단위의 봉사는 자기를 치유하는 수단이기도 하다.

내가 돌봐야 할 누군가가 없다면

너무 외롭기 때문에.

너부리 엄마

늘 한량같이 콧노래를 부르며 떠돌아다니는 너부리의 엄마.

만화 보노보노를 보면서 "왜 너부리는 아빠랑만 살까?" 궁금했었다.

17화에서인가 그 내막이 소개된다.

너부리를 낳고 얼마 안 돼서, 너부리 엄마가 아빠에게 묻는다.

"여보. 빙산이 뭐에요?"

너부리 엄마를 윽박지르며 너부리 아버지가 하는 말.

"그것도 모르오! 얼음으로 된 산이오!"

너부리 엄마가 두 손을 모으고 다시 묻는다.

"어머~! 신기해라. 그럼 오로라는 뭐예요?"

"당신은 그것도 모르오? 하늘에 뜨는 오색빛깔의 띠오."

"어머나! 하늘의 오색빛깔의 띠라니!"

한동안 인상을 쓰며 듣고만 있던 너부리의 아빠가 말한다.

"당신, 세상구경 좀 하고 와요. 너부리는 내가 키울 테니."

이렇게 된 것이었다.

그날 이후 너부리 아버지는 열심히 너부리를 키우고,

너부리 엄마는 석양을 등진 채 오로라와 빙산이 있는 저 먼 세계를 향해 길을 떠난다.

Fade out.

취미가 뭐예요?

처음 만나는 사람과 중간 이상으로 유쾌한 시간을 보내야 할 때
사용하는 에피소드가 5가지 정도가 있다.
친한 친구들은 지겹도록 들은 얘기들이고
나도 이제 자면서도 얘기할 정도로 판에 박힌 일화들이고
가끔은 덧붙이고 빼면서 효과를 극대화시키기도 한다.
오늘은 그 중에 세 가지 정도를 썼다.
그런데 세 번째 에피소드를 설명하다가
갑자기 너무 귀찮아졌다.
내가 이 얘기를 하고 있는 이 장면 어디서 본 거 같아.
내가 이 얘기할 때의 상대방의 표정도 뻔하고
나는 마주앉은 사람과 내가 a를 경험한 것을 설명할 게 아니라
마주앉은 사람과 a를 경험해야 의미가 있는 것이지.
그래서 에피소드 3을 대충 마무리했다.
자세히 들어보면 굉장히 흥미로운 이야기일 텐데
상대방에게 그런 재미를 주고 싶지 않았다.
그래서 그렇고 그런 화재로 그냥 돌려버렸지,
취미가 뭐예요? 같은 거.

감성과 이성

감성적인 사람이 자살을 많이 할까,

이성적인 사람이 자살을 많이 할까.

연예인들이 자살을 많이 하는 이유로

감수성이 풍부해서 우울증에 빠지기 쉽다고 하는데

꼭 그런 것 같지는 않다.

사실 감수성이 풍부하면 죽고 싶은 것 못지않게

살고 싶은 이유도 많다.

죽으려고 난간에 서 있다가 발 밑에서

제 몸의 배는 돼 보이는 부스러기를 등에 업고 가는

개미 같은 것을 보면서 살아갈 이유를 찾게 되기도 한다.

청산가리를 사러 가는 길에 길에서 들리는

박명수의 바다의 왕자 같은 노래를 듣고 웃어볼 수도 있을 텐데

오히려 이성적으로 생각할수록 살아갈 이유가 없는 것 같다.

도대체 이 끝은 뭔가 싶다.

특히 학기가 끝났을 때, 노력했던 것을 이뤘을 때,

바라던 것을 더 이상 바라지 않을 때,

해야 할 일이 주어지지 않을 때,

하고 싶은 일에 흥미가 떨어졌을 때,

또 새로운 무언가를 시작하지 않으면 무너질 것 같다는 것을

직시했을 때,

그런데 그 새로운 게 결국 전혀 새롭지 않다는 것을

내심 알고 있을 때,

알베르 까뮈가 주목했던 순간이 돌을 올리는 순간이 아니라,

그 돌이 절벽에 떨어지는 순간도 아니라,

그 떨어진 돌을 다시 주우러 내려가는 순간이라는 것이 떠올랐다.

왜냐면 인간이 그 순간에 삶의 부조리를 인식하게 되기 때문인데

그 순간에 이성적인 인간이라면 정말 그 돌을 가지러

가는 것이 맞을까.

그 의식의 순간을 평생 의식하지 않고 살 수 있다면 좋다.

그 돌을 가지러 가면서 거기서 아름다움이나

기쁨이나 슬픔이나 성취감이나 뭐나 찾을 수 있는 사람이라면

그나마 나은 편이다.

충분히 감성적이어야 할 이유가 있는 것이다.

삶의 무게

누구에게나 삶의 무게는 같고
삶은 사람에게 짊어질 수 있을 만큼의 고통을 준다.
정말 그럴까?
정말 그렇다.

니콜 리치에게는 패리스 힐튼보다 싼 티 나는 다이아반지가
못 견디게 괴로운 일이겠지만
내가 아는 누군가는 오늘 사람에게 일어나는 일 중에 가장 슬픈 일을 겪었다.
나는 친구를 만나면 울어야 할지, 웃어야 할지, 담담해야 할지
한참을 고민했는데, 오히려 그는 나를 다독이며
하느님이 다른 사람보다 자신에게 먼저 성숙해질 수 있는 기회를 주셨다고 말했다.

자기는 아무도 원망하지 않고 마음이 평온하지만
고인이 보고 싶어서 그게 괴로울 뿐이라고 했다.
내가 할 수 있는 일이라고는 그냥 같이 있어주면서
그래. 힘내. 기운 내. 잘 될 거야 라고 말해 주는 게 고작이었다.

나는
친하다는 친구임에도 불구하고
해 줄 수 있는 게 아무것도 없고 그냥 들어주고 맞장구를 쳐주는 것뿐이었다.
그가 아니기에 나는 그 심정을 백 퍼센트 알아줄 수도 없었고

아직 겪어보지 못한 일이기에 도움되는 조언조차 해 줄 수가 없었다.
누군가의 이십 대는 아주 좁은 폭으로 요동칠 것이다. 그 사람이
이런 일을 겪는다면 한없이 짜증을 내며 왜 나에게만 이런 일이 생기냐고
비난할 무언가를 찾으려고 애쓸지도 모른다.
그러나 그의 이십 대는 엄청난 굴곡으로 가득 찼었고
그 시련 끝에서 그는 잘 성숙된 영혼이 되어 있을 것이다.
누구보다도 아름다운 사람이 되어 있을 것이다.
나는 정말 고생 한 번 안 해보고 살았다.
어른다운 고민을 해본 적이 없던 것 같다.
내가 하던 고민들이 얼마나 유치하고 바보 같았는지 새삼 알게 됐다.
그가 겪은 일을 나는 조금 늦게 겪는 것뿐이다.
내 상황이 그보다 나은 것은 내가 잘난 것도 아니고
내 팔자가 더 좋아서도 아니고 내가 철이 없어서
하느님이 조금 늦게 시련을 주시려는 것뿐이다.

하느님은 그러면 이 시련을 잘 겪을 수 있을 것이라고 생각하셔서
그에게 먼저 고통을 주셨고 과연 그분의 예상대로
그는 잘해 나가고 있다.
하느님은 패리스 힐튼에게는 아직 그런 고통을 주지 않으셨다.
그녀가 인격적으로 아직 미숙하다고 여기셔서
그녀에게는 샤넬을 입을지 프라다를 입을지 정도의 고민만 하도록
내버려 두고 계신 것이다.
삶의 무게는 누구에게나 같고
삶은 견딜 수 있을 만큼의 고통만 준다.

난 할 수 있어, 힘내 파이팅!

난 할 수 있어 파이팅!
잘 될 거야! 힘내!
미니홈피와 블로그를 하는 수십만 인터넷 유저들이 즐겨 쓰는
저 진부한 표현을 나는 엄청나게 따분하게 생각하지만
저런 말이 꼭 필요한 날이, 필요한 때가 있다.
근데 그게 오늘인 것 같다.

누구를 붙잡고 하소연해봤자
오직 나만이 해결할 수 있는 것들이라는 것이 분명해지겠지.
가장 화가 나는 것은 탓하고 비난할 사람이 나 뿐이라는 것이고
나마저 나를 비난하면 못할 짓이니
오늘은 나를 칭찬해주자. 뭐가 있을까?

행복해서 웃는 게 아니라 웃어야 행복해진다는
자기치유개론서에나 나올 법한 문구를 떠올리며
거울을 보고 웃어봤는데 다시 볼이 쳐졌다. 늙어서 그런가?

하지만 이렇게 나약하면 안 되는 것이

어쨌든 나를 구제해 줄 사람은 나밖에 없다는 것이다.

남일 구경하듯 나를 내버려뒀다간 정말 큰일날 수 있다.

가장 중요한 것은 내가 나를 포기하지 않는 것.

결국 언제나처럼 "끌어주는 리더"역할을 하는 자아가

"불안해서 떨고 있는" 자아를 안아주면서

오늘 하루를 정리해야겠다.

가장 아이러니한 것은

"불안해서 떨고 있는"자아가

"끌어주는 리더"인 자아를 은근히 비웃고 있다는 것이다.

너 별거 없잖아.

이 냉소적인 것들.

가끔은 머리를 비우고, 예쁜 카페에서 연신 셀카를 찍는 여고생처럼 외쳐보자.

"힘내 파이팅~*^^*!ㅋㄷㅋㄷㅋㄷㅋㄷ"

리어 왕 할머니

리어 왕은 자신의 세 딸들에게 자기를 얼마나 사랑하는 지
물어본 다음 가장 시큰둥하게 대답한 막내딸
코딜리아에게 섭섭해하며 구박한다.
하지만 늙고 병들자 리어 왕을 진심으로 보살펴주는 것은
막내뿐이었다.

그런 비슷한 왕이 우리 외할머니인데 할머니는 어릴 때 손주들을 앉혀놓고
"나중에 크면 할머니한테 뭐 해줄지"를 질문했다.
우리 사촌 중에 코딜리아 같이 배짱 있는 애는 없었고
게다가 다들 스케일이 작아서
"할머니 예쁜 옷 사드릴게요"
"할머니 비싼 집 사드릴게요"
"할머니 하고 유럽여행 다닐래요"
가 고작이었다.

나는 그 자리에 할머니 친구들이 있음을 의식하고

"나중에 할머니 이름을 딴 절을 지어드리겠다"

고 공약했다.

충실한 불교신자이신 할머니를 비롯한 할머니 친구들은

이 집안에 대단한 우두머리가 나왔다며

나의 미래를 점치고 축복해줬다.

게다가 모든 사촌들이 열심히 교회를 다닐 때

나 혼자 세상에 하나님은 없다 예수는 가짜라며

말하고 다녀서 할머니의 귀여움을 독차지했다.

할머니는 그런 나에게

불경과 염주를 사 주셨다. 불경을 읽으며 공부하라고 하셨는데

기도문이

하라으흐랏디 샤바츠투아라 다냘샤아크헤

같은 말로 시작했다.

(할머니는 뜻을 알고 외우시는 걸까?)

아무튼 오늘 할머니와 통화했는데, 할머니가

남자들하고 다방 다니지 말라며 신신당부했다.

조신하게 지내다가 할머니가 점지해주는 절 다니는 남자를 만나라고 했다.

"할머니네 절에는 할머니 친구들하고 스님들뿐이잖아요"

라고 말대꾸하려다 말았다.

성난 얼굴로 돌아보라

이런 영화인지 소설인지가 있는 것으로 아는데
어느 것도 본 적은 없지만
돌아볼 때는 성난 얼굴로 돌아봐야 한다.
누군가의 뒷모습을 보다가 왠지 아쉬워
누구야!
라고 불렀을 때,

오른쪽으로 돌아본 그의
오른쪽 얼굴은
항상 슬프다.

왜 그럴까
돌아보는 얼굴이 슬픈 이유는.

다음 중 가장 심란한 여자는?

다음 중 가장 심난한 여자는 누구일까.

1.

젊은 나이에 자수성가하여 도곡동

300제곱 미터 상당하는 주상복합아파트를 구입했으나

남자가 없어 하숙 칠 생각을 하는

34살 나부자 씨.

2.

한 때는 "이대 김태희"라고 불리며 신촌을 평정했으나

양아치에게 발목이 잡혀 고생문이 훤히 열린

24살 윤미모 씨.

3.

나이도 35. 체지방도 35.

명문대 출신에 사시만 붙으면 별세계가 펼쳐질 거란

일념으로 10년을 신림동에 기거했으나

늘어가는 군살과 나이에 눈물이 마를 날 없는

35살 박판자 씨.

4.

동창회에서 자랑하기 위해 남편 몰래 사채를 끌어

"채널 백"을 구입했으나 늘어나는 사채이자와

전화협박에 바람 잘 날 없다가 결국 이혼위기에 놓인

32살 백사자 씨.

5.

아무 고민이 없어 고민인 25살 지화자 씨.

정답은 5번이다.

고민이 없는 사람처럼 심난한 인생이 없다.

우리들은 그런 이성을 만나지 않도록 각별히 주의해야 한다.

고민이 없다는 것은 삶의 애착이 없다는 것

삶의 애착이 없다는 것은 자기를 사랑하지 않는다는 것

자기를 사랑하지 않는다는 것은

누구도 사랑하지 못한다는 것이라는

연역적인 결론이 도출된다.

우리 인생이란

"하숙생을 대체할 남자를 찾고"

"발목 잡은 양아치를 순화시키고"

"시험에 붙으려고 발버둥을 치고"

"빚을 갚아보려고 애를 쓰는"

것이다.

워싱턴의 람보 할머니

〈눈이 안 보이고, 휠체어에 의지해 생활하는 베다 람보(Rambo) 할머니가
지난 24일 90세 생일을
맞아 3900m 상공에서 교관과 함께 뛰어내리는 스카이다이빙에 성공한
뒤 환하게 웃고 있다.
람보 할머니는 "인생에서 뭔가 다른 일을 해보고 싶었다"고 말했다. 〉
미국 워싱턴 주 셸턴 시. /AP 뉴시스
사진 속의 할머니 얼굴이 너무나 행복해 보인다.
90세 스카이다이빙이면 상당한 위험을 감수한 것인데,
할머니는 그런 것을 감수하고서라도
"뭔가 다른 일을 해보고 싶었다" 라고 했다.
아침에 신문을 보다가 이 기사의 할머니 얼굴과 인터뷰 내용을 읽고
눈물이 날 뻔했다.

기사거리도 안 되어서 사진 한 장 지면에 박아놓은 것뿐이었지만
어떤 기사보다 내 눈을 끌었다.
"나로 호 실패"보다
"행정구역 개편" 논의보다
"러시아 북 요격 미사일 배치"보다
"일본 정권교체 가능성"보다
90세 할머니에게는 뭔가 다른 것을 느끼게 하는 경험이 절실했다.
할머니 표정이 "나 해냈다"라고 써있는 거 같다.
축하해요 할머니 진짜 멋있어요.

가벼운 것과 무거운 것

인생과 존재는 가벼운 것일까 무거운 것일까.

또. 가벼운 것이 좋은 것일까 무거운 것이 좋은 것일까.

나는 이것들을 너무 가볍게 여기는 경향이 있다.

어제는 이것들을 무겁게 여기는 사람을 만났다.

그 사람은 나이에 맞지 않게 얼굴에 수심이 가득했다.

내가 늘어놓는 이야기는 그 사람에게 농담 같은 것들이었다.

그러나 나는 그 많은 농담 같은 이야기를 늘 진지하게 고민하고 산다.

하지만 그 농담 같은 고민은 나를 괴롭히지 않는다.

그것은 해결이 나오지 않는 단상 같은 것으로

그것을 음미하는 것만으로도 나에게는 의미가 있고 내 감성을 풍부하게 한다.

하지만 어떤 고민을 말하는 사람이든 간에

해결을 기대하고 늘어놓는 사람은 없다.

그런 면에서 내 농담 같은 고민은 가벼워서 좋다.

인생은 단 한번이다.

나는 그래서 말했다.

인생은 단 한번이고 반복이 없어서 연습도 없고 복수할 것도 없다.

지나가버리고 나면 그 기억이라는 것도 깃털처럼 가벼워서

한번뿐인 인생은 없는 것이나 마찬가지라고 언젠가 읽은 쿤데라의 책을 빌어
말했다.

근데 그 사람의 말은 흥미롭게도

자신은 그 인생이 한번뿐이기 때문에 무거운 것이라고 했다.

한번뿐이기 때문에 더 책임감을 갖고 열심히 후회 없이

살아야 하는 것 아니냐고 말했다.

책임감과 후회 없는 삶이 자신에게 만족적이라면 동의한다.

그러나 누구에 대한 책임이고 누구에 대한 후회란 말인가.

그런 평가가 내려질 때쯤이면 우리는 이미 인생에서 퇴장 중일 것이다.

결혼도 안 한 사람이 아이 낳고 기를 생각을 하며

서울의 집값을 걱정하며 혀를 차는 모습을 보니 갑자기 슬퍼졌다.

그 사람은 안정을 간절히 바라고 있었다.

내가 보기엔 그 사람은 이미 안정적이었다.

그 사람은 아내가 생기고 아이를 낳고 집을 사야 안정이 온다고 믿고 있었다.

게다가 자기가 희생해서라도 그들이 행복하는 것을 본다면

그것이 자기의 행복이 될 것이라고 말했다.

그것을 말하는 그 사람의 얼굴도 무거워 보이고

인생도 무거워 보이고

내 가슴에도 돌덩어리가 하나 올라온 것 같았다.

그 사람은 5톤쯤 되는 거대한 돌을 쇠똥구리처럼 굴려서 절벽을 오르며 살고 있는 것 같았다.

좀 가벼워지는 게 어때요?

라고 했지만 전혀 도움이 되는 것 같지 않았다.

나는 너무 가벼워서 가끔 사람들과 대화할 수가 없다.

조제, 호랑이 그리고 물고기들

나는 잠수하면 그렇게 무서울 수가 없다
잠수하면 그 물소리가 너무 무섭다.
쉬쉬
우우우
우우우우우
꾸루꾸루
우우우

"괜찮아?"
하는 사람들 목소리도 저 세상에서 들리는 것 같다.
근데 〈조제, 호랑이 그리고 물고기들〉 조제에게 세상은 그런 곳이었다.

장애인 여성의 사랑을 생각이나 해봤나.
방에서 하루 종일 나오지 않고
잠수해도 발버둥도 못 치는 조개처럼 세상을 관망하고 있어야 한다.
조제가 누구를 만나려면 그 누구는 조제에게 온전히 다가가야 한다.
조제한테 내 전체로 다가가서 조제의 삶에 들어가야 한다.
조제와 관계를 맺는다는 것은
조제에게 나의 전부로 관계한다는 것을 의미한다. 항상 모든 편견으로부터
나는 너를 돌아서지
않을 것이라는 믿음이 있어야 한다.

하지만 어떤 사람도 그런 완전한 믿음을 영원히 가지면서 관계할 수가 없다.

다른 사람들과 조제가 다른 점이 있다면

조제는 물리적으로 항상 누군가가

돌아서는 것을 보아야 하는 입장에 있다는 것이다.

설사 조제가 마음으로 먼저 돌아섰다고 해도

그녀로서는 자신의 dignity를 보여줄 기회가 좀처럼 주어지지 않는다.

하지만 영화에서 조제는 그런 물리적 한계에도 불구하고 꽤 자기를 잘 지켜냈다.

그래서 영화가 참 좋았다.

남자주인공이 영화말미에 말한다.

헤어진 연인과 점심을 먹는 경우가 있지만 조제와는 그럴 수가 없다.

장애여성의 사랑을 생각해봤다.

본인의 의도가 아님에도 상대방에게 모든 것을 의지해야 하고

원하지 않는데도 부담이 되어야 하는 상황에 대해서

그러고 싶지 않은 경우까지 고마움과 미안함을 느껴야 하고

그럼에도 자기의 dignity를 지키며 사랑을 한다는 것이

만약 좌초되었을 때 얼마나 큰 상처를 남기게 될 것인지

그럼에도 이에 기초하는 모든 상황에 대해 굴욕감을 느끼지 않으면서

상대방과 나의 관계를 건강하게 바라보는 시각을 갖는 것이

얼마나 어려울 것인지.

엄 마

내가 초등학교 2학년 때 지금으로 말하면 어장관리를 하는 남자아이가 있었는데,
그 아이도 키가 크고 나도 키가 커서 우리는 종종 짝꿍이 되곤 했다.
나는 약간의 호감이 있을 뿐이었는데, 그것은 그냥 짝꿍을 오래하다 보니
이 애는 내 짝이라는 안정감에서 비롯된 것뿐이다.
근데 학부모 참관수업 날 뒤에 서있던 엄마가 내 쪽으로 와서는
그 짝꿍의 귀에다 대고 "은아가 널 좋아한대!"라고 말하며
재미있다는 표정으로 나를 쳐다봤다.
그 표정이 어찌나 얄밉고 싫었는지 지금도 부들부들 떨린다.
나는 안절부절 못하며 당황했고 그 친구도 당황했는데
오직 엄마 혼자서 큰 소리로 웃으며 옆에 선 다른 학부모들에게 우리를 보라고
손가락질했다.
초등학교 2학년은 그렇게 어리지만은 않다.
그때부터는 엄마에게 뭔가를 털어놓는 일이 싫어졌다.
엄마에게는 모든 게 우습고, 재미있고, 공개적이다.
내가 발끈할 때마다
"뭐 어때!"라며 눈을 크게 뜨고 나를 이상하다는 듯 쳐다본다.
나에게는 "뭐 어때!"라는 사고방식이 쉽지 않다. 그게 특히 나의 문제일 때
그렇다.

언젠가 엄마에게 크게 혼나고, 중학교 때였던 것 같은데
일기장 가득 엄마 흉을 봤다. 적나라하게 말하면 욕을 썼다.

그게 잘한 것은 결코 아니지만

어느 날 학원에서 집에 왔는데 그 일기를 몰래 훔쳐 본 엄마가 화가 나서는

"어떻게 엄마에게 이런 글을 쓸 수 있냐"라며 속상하다고 했다.

그건 내 일기장이고, 내가 그렇게 생각하는 것까지 엄마가 막을 수는 없다.

마음이 아팠을 것이라고 충분히 이해하지만

왜 남이 그렇게 생각하는 것까지 굳이 알아내서 상처받을까.

사생활과 개인공간을 허물어버릴 때 우리는 잠깐 아주 친해진 기분을 느낄 수 있지만

배려하지 않는다면 방어심리만 키울 뿐이다.

프린세스 마법의 주문

〈모든 시련은 미래를 위한 밑거름이며, 우린 이겨낼 준비가 되어 있다〉
두려움과 걱정대신 자신감으로 무장할 것이다.
지금부터 무엇이든 잘 풀리고
모든 상황은 좋아질 것이다.
고난을 이겨낸 애벌레만이
아름다운 나비가 된다.
어떤 장애물이 닥쳐도
결코 포기하지 않을 것이다.
긍정적인 나에게
좋은 일이 눈처럼 내릴 것이다.
내 안에는
스스로를 치유할 파워풀한 힘이 있다.
더 이상 어제의 내가 아니며
내일은 더 나아질 것이다.
-프린세스 마법의 주문

사무실 언니가 오늘 피곤해 보였다고 이만한 시를 문자로 보내주었다.
잠깐 자리를 비운 새에 장장 10개의 문자가 와있는 것을 보고 기겁할 뻔했지만,
읽으면서 감동받았다.
처음 이곳에 오고, 늦은 밤에 연구실에 올라가다가
야근을 하고 내려오던 언니를 만나서 인사를 했었다.

언니는 이어폰을 귀에 꽂고 뭐라 흥얼거리며 신나게 양팔을 앞뒤로 휘저으면서
내려오다가
나를 보고 힘차게 인사를 하더니,
얼굴이 우울해 보인다는 이유로 자리에 앉혀놓고 맛있는 음료수를 사 주었다.

언니는 내 이야기를 쭉 듣더니
나보다 더 강도 높게 힘들었던 자신의 역사를 쥐어짜내면서
"네가 겪은 일은 그렇게까지 심각한 일은 아니다"는 안심을 주려고
애써주었다.

그동안 사무실에서 팩스 받을 때, 소포 받을 때, 서류 낼 때
조금 더 반갑게 인사했던 것뿐이었는데
야근에 지친 날 one of them이었던 나를 불러 자신의 에너지를 써가며 함께
있어주었던 점이
아직도 너무 고맙게 남아있다.

학교에서는 어리버리하게 실수하고 스트레스 받아 하면서
가방에는 쇼펜하우어의 죽음에 관한 책이 있고
매주 독서모임 동호회 사람들과 만나는 것을 좋아하고
대학1학년 때 만난 첫 남자친구와 지금까지 연애하고 있으며

홍콩 대 세일기간에 여행 가놓고는 스포츠용품 점 에서 고작
등산화 하나 사오고,

인터넷 쇼핑몰에서 옷 사고 리뷰다는 것을 좋아한다.
어떤 날은 구두에 흰 양말을 신고 오는가 하면….

음식을 좋아해서 집에서 과자를 굽고 와서 나눠주는 것을 좋아하고
집에 있는 강아지가 우울증에 걸렸다며
동물농장에 출현했던 애니멀 심령치료사에게 연락하는 정 많은 언니.
어떤 사람에 대해 알아가고
그 사람이 어떤 사람인지,
그 사람이 무엇을 좋아하고
어떤 습관과 마음가짐을 갖고 있는지
쓰면서 보니 내가 언니를 굉장히 좋아하는구나 라는 것을 느낄 수 있다.

Common people

그녀는 그리스에서 왔고 엄청나게 지적이었어.
성 마틴 대학에서 조각을 전공했다고 하던데
그녀는 자기 아버지가 돈이 넘친다고 말했어.
내가 말했지.
"그럼 럼-콕이나 한잔해야겠네요."
그녀가 말했어, "좋아요."
그리고 30초쯤 뒤에 또 그녀가 말했어.
"나도 보통사람처럼 살고 싶어요.
보통 사람들이 하는 일 하고 싶어요.
보통 남자들하고 자보고 싶어요.
당신같이 평범한 사람하고 자고 싶어요."
글쎄, 내가 뭘 더 할 수 있었겠어.
난 그녀를 슈퍼마켓에 데려갔어.
이유는 모르겠지만, 어디서부터든 시작했어야 했으니까.
그래서 시작한 게 그런 곳이야.
내가 말했어, "돈 없는 척해요."
그녀는 웃으면서 말하던데
"당신 진짜 재미있어요."
내가 말했어.
"그래요? 글쎄, 여기 사람들 아무도 안 웃는 거 같은데."
당신 정말 보통사람처럼 살고 싶어요?

보통사람들이 보는 것을 보고 싶어요?

보통 사람들하고 자고 싶다는 것,

나 같은 평범한 사람과 자고 싶다는 것 정말이에요?

그런데 그녀는 이해하지 못했어.

그냥 웃으면서 내 손을 잡았지.

가게 위층에 방을 빌리고

긴 머리를 자르고 일자리를 구해야 해요.

담배도 피우고 당구도 치면서

학교 같은 데는 절대 가본 적 없는 척 해요.

그런데 당신은 절대 그렇게 살 수 없을 걸?

왜냐면 당신이 밤에 침대에 누웠을 때,

벽에 바퀴벌레가 기어가는 것을 보아도

당신 아빠한테 전화 한 통하면 모든 것을 막아줄 테니까.

당신은 절대 보통사람처럼 살 수 없어요.

보통 사람들이 하는 일 절대 못할 걸?

보통 사람들처럼 실패하려 하지 않을 것이고

당신 인생이 미끄러지고 있을 때 가만히 보고만 있지도 않을 걸?

그러니 춤이나 추고 마시고 섹스나 하라고,

왜냐면 다른 할 일이라고는 없으니까.

보통 사람들이랑 같이 노래해봐요.

함께 노래하다 보면 낄 수도 있겠지.

보통 사람들을 따라 웃고

비록 그 사람들이 당신과 당신이 하는 짓을

멍청하다고 비웃더라도 말이야.

당신은 가난한 것을 멋지다고 생각하고 있으니

구석에 누워있는 개처럼

그들은 경고 없이 당신을 물어버릴 수 있어.

그들은 당신을 찢어발길 수 있으니 조심해요.

왜냐면 모두가 여행자를 싫어하니까

특히 그런 모든 걸 재미로 아는 인간이라면 말이지.

그래, 욕조에서는 갈라진 틈새로 기름이 새어 나올 거야.

당신은 산다는 게 어떤 기분인지 절대 이해 못할 걸?

그 삶이 의미 없고

통제도 안 되는 데다

갈 데라고는 없는 것이라면

당신은 그런 삶이 존재할 수 있다는 게 놀랍겠지.

당신 같은 평범한 사람들과 살고 싶다고?

당신 같은 평범한 사람들과 살고 싶다고?

당신 같은 평범한 사람들과 살고 싶다고?

당신 같은 평범한 사람들과 살고 싶다고?

당신 같은 평범한 사람들과 살고 싶다고?

당신 같은 평범한 사람들과 살고 싶다고?

당신 같은 평범한 사람들과 살고 싶다고?

나 어제 어디 있었지?

내가 어제 만난 사람들

내가 한 말, 들은 말, 갔던 곳, 먹었던 것,

생각한 것, 느꼈던 것, 봤던 것들은

다 기억이 나는데

나는 어디에 있는지는 잘 모르겠다.

그냥 떠다니는 기억 같은 사람 같다.

숨쉬고 말하는 걸어 다니는 캠코더 같다.

특히 쓸데없이 바쁜 것 같은 요즘에 그런 생각이 든다.

물끄러미 어르신들의 얼굴을 보던 날

오늘 교수님 얼굴을 보고 있다가 어디서 많이 본 얼굴 같아서 생각해보니
우리 할머니랑 아주 닮았다.
그러고 나서 길에 다니는 할머니 할아버지들을 보니
옷이랑 머리만 빼고 보면 누가 남자고 여자인지 구분이 안 되었다.
왜냐면 얼굴이 너무 주름지고 얼굴형도 무너져서.
하다못해 여자의 표정, 남자의 표정 같은 것마저도 발견할 수 없었다.
그걸 보는 순간 갑자기 슬퍼졌다.
저분들 한때는 굉장한 미인이었고 미남이었을 수 있다.

내가 초등학교 시절에 중고등학교오빠들은
전부 스포츠 머리에 교복을 입고 다녀서 구별이 안 됐다.
내가 중고등학교 시절에 대학생오빠들은
죄다 안경을 끼고 체크무늬 셔츠에 면바지를 입고 다녀서 특별해 보이지 않았다.
내가 대학생 때 회사원들은
전부 똑같은 정장에 넥타이를 메서 누가 잘나고 누가 못났는지 구분이 되지 않았다.
당연히 지금 나로서는 잘 꾸민 아저씨든 안 꾸민 아저씨든
그 아저씨가 그 아저씨같이 보인다.
하교 후 쏟아져 나오는 정신 없는 초등학생들을 보면
다 그 어린이가 그 어린이처럼 보인다.

하지만 분명 내 시절에서,

"게 중에 눈에 띄는 초등학교 친구"도 있었고

"게 중에 특별했던 중고등학교 친구"도 있었고

'남들과는 분명히 달랐던 대학교 친구"도 있었고

"그렇고 그런 회사원과는 다른 직장인친구"도 있었다.

분명 앞으로도

"수많은 아저씨 아줌마 중에 나에게 특별한 중년 친구"도 생길 것이고

"여자인지 남자인지 가늠하기도 힘들 정도지만 나에게는 특별할 노인네 친구"도 있을 것이다.

그러니까 각설해서 말하면

나도 많이 나이가 들었고 앞으로도 늙겠다.

내가 만나는 사람들이 변하는 만큼

내가 어느새 벌써….

내가 만약 산부인과에서 뒤바뀐 아이라면?

"내가 만약 산부인과에서 뒤바뀐 아이라면 나를 어쩌겠어요?"
라는 질문을 던졌다.

엄마는 '키운 정"이 있으니 안 바꾸겠다고 했는데
아빠는 친자식을 데려오겠다고 했다.
나를 어떻게 할 것인지는 대답을 회피하였다.
남자에게 친자식이란?
지인은 바람난 여자친구에게 크게 데인 이후로 트라우마가 생긴 것 같다.
그는 결혼하면 꼭 친자확인을 할 것이라고 했다.

"내가 만약 산부인과에서 바뀐 다른 사람이라면?"
시리즈에 대하여 동생에게도 질문해보았다.
동생은 매우 담담한 대답을 하였다
"뭐가 어떻게 돼. 그냥 아는 누나 되는 거지."
거기에 덧붙여,
"누나 안녕하세요? 옛날에 같이 살 때 재미있었는데 밥이나 한번 사줘요!"
라는 연기까지 해주었다.
하지만 과연 내가 동생이 가족이 아니었다면
밖에서 밥을 사줘 가면서 만날 관계를 맺었을까?

(미안)

그러고 보면 가족이라는 것은 오히려 아주 미약한 연대로 이루어져있다.

"가족"이라는 그 단어 외에 서로를 엮는 것은

어쩌면 아무 것도 없을 지도 모른다.

가족과 핏줄의 구속력이 이렇게 강할 수 있다는 것이 신기하기도 하고,

역으로 그러한 강제된 구속력 없이 가까워질 수 있는 친구들과의 인연이

특별하게 느껴지기도 한다.

얼 굴

가까운 사람의 얼굴을 오래 응시하다 보면
굉장히 낯선 기분을 느끼게 된다.
엄청나게 많은 사람들 속에 섞인다면
그렇게 눈에 띄지도 않을 평범한
얼굴들―중년의 전형과도 같은 부모님의 얼굴이라던가
뻔한 20대의 얼굴들을 한 내 친구들 같은 것

응시하다 보면 그동안 익숙했던 그 얼굴들이
잘 모르는 사람처럼 낯설게 느껴지기도 하고,
그 많은 사람 중에 이 사람이 나에게 의미 있는 존재라는 것이
신기하게 느껴지기도 한다.

간편한 게임 몇 가지

1.
별거 아닌 걸로 만들어버리기 게임
다 별거 아닌 걸로 만들어버린다.
내가 대상에게 부여했던 모든 의미를 거둬버린다.
내가 쏟은 것들을 별거 아닌 걸로 만들고
나를 우습고 가벼운 사람이라고 생각한다.
그냥 다 그런 거지라고 생각하고
아주 생각 없이 웃는 얼굴을 하며
저 원래 별거 없는 사람인데요
라고 명랑하게 말한다.

2.
낯설게 만들기 게임
사람의 얼굴을 응시한다.
익숙한 그 얼굴을 멀게 느끼려고 애쓴다.
거리에 스쳐도 특징 없는
20대의 전형
30대의 전형
남자의 전형
여자의 전형
수많은 대중의 얼굴 속으로

수많은 인파의 얼굴 속으로
상대방의 익숙한 얼굴을 묻어버린다.

3.
내가 잘났다고 생각하는 게임
내가 아주 잘났다고 생각한다.
지금 모든 것이 나 자신의 덕분이라고 말한다.
누구의 도움 없이도 잘할 것이라고 생각한다.
내 장점을 극대화해서 되뇐다.
내 단점은 아주 작은 것으로 말한다.
나보다 못난 놈들과 나를 비교하며 뿌듯해 본다.
나보다 잘난 놈들은 생각하지 않는다.
이쯤 되면 내 처지도 꽤 괜찮군
이라고 생각하며 오만한 표정을 지어본다.

시한부 인생이라면

사람이 만약 시한부 인생이라면
그 자체만으로도 슬픈데 그보다 더 슬픈 것이
주변 사람들이 그 사람의 시한을 계산하여 행동하고 있다는 것이다.

그가 1월 전에는 죽을 것이라는 진단이 나왔다면
아무도 그에게 3월의 벚꽃놀이를 제안하지 않고
4월과 5월까지 함께하고 싶은 관계를 만들지 않는다.
여름의 휴가계획에서 그는 고려대상에 빠질 것이다.
그와의 관계는 딱 1월까지만
1월까지 유지할 만큼의 관계만
1월 이후에는 아쉽지 않을 관계만
그런데도 그 1월을 계산에 넣지 않고
다가온 관계가 있다면 매우 감사하고 쓸쓸한 일일 것이다.
그런데
그가 1월에 죽기로 되어있었는데 만약 죽지 않았다면
그가 그로부터 1년여를 더 살았다면
그가 1월에 죽기를 예정하고 적당히 관계했던
사람들과 그와의 관계는 어떤 의미를 갖는 걸까.

존재할까?

어제 메신저에서 어떤 애가 말을 걸었는데
그제서야 생각이 났다. 나에게는 동생이 있었던 것이다.
동생이 지방으로 내려가고 두 달 가까이 못 봤는데,
딱히 연락도 안 하고 바빠서 잊고 있었다.
근데 나는 동생을 매우 좋아하기는 한다.
동생과 1년 동안 연락이 안 됐더라도 나는 이렇게 무신경할 수도 있을 것이다.

단 동생과 1년 동안 연락 못한다는 것을 모르고 있다면.

그러니까
만약 누군가와 죽거나 헤어졌는데
내가 그 존재를 마음속에 확실히 갖고 있고
연결되어 있다는 너무 당연한 믿음을 갖고 있다면
오히려 지금 당장 볼 수 있느냐
목소리를 들을 수 있느냐는 중요해지지 않는 것이다.

결국 존재란 이렇게 자기 위주인 것이다.

네가 존재하고 살아있다는 것

내가 너의 존재를 필요로 할 때 네가 거기에 응답해 줄 것이라는 것.

그렇게 믿고 있는 것뿐이다.

내가 눈을 감고 아무렇게나

"내가 눈을 감는 동안 이 세상 모든 것은 동작을 멈출 것이다"

라는 상상을 한다고 해도

사람들은 엉뚱하다고 하겠지만

그게 진짜인지 아닌지는 아무도 모르는 것이다.

결국 원점에서 존재에 대한 확신은 오직 나에게만 있다.

존재를 의심하고 있는 지금 이 순간의 정신은

존재가 있기에만 가능한 것이기 때문에!

하지만 당신이 존재를 의심하고 있는 정신을 갖고 있는지는 내가 전혀 알 수 없다.

동생은 존재할까? 글쎄….

머리를 땋은 여자

'화장'을 잘한 여자보다

'옷'을 잘입은 여자보다

'머리를' 세련되게 한 여자보다

'얼굴'이 예쁜 여자보다

'몸매'가 끝내주는 여자보다

나를 감동시킨 것은

'머리를 양 갈래로 땋고 다니는 여자'다.

그런 소녀취향과는 거리가 멀어 보였던 첫 인상과 다르게

꽤 오랫동안 그 머리를 하고 다니는 것을 보다 보니

매일 아침 거울을 보고 정성 들여 머리를 땋는 그녀의 손가락과, 손놀림과,

그때의 집중력 때문에 반쯤 열렸을 입 모양까지 연상됐다.

처음 그 머리만 봤을 때는 '너무 조잡하시네' 라고 생각했다

왜냐면 그냥 양 갈래도 아니고 매우 복잡한 형태였기 때문.

하지만 자기를 가꾸려는 그 아가씨 애틋함이 좋아서 이제는 땋은 머리에 정이
들었다.

내 생일

7월 12일 세상에서 제일 예쁜 숫자

7월 11일이었으면 얼마나 지루했을까.(동일 숫자 반복의 지루함)

7월 13일이었으면 얼마나 딱딱해 보일까.(날 선 홀수의 나열)

6월 12일이었으면 얼마나 6의 배수 따위 같아.

8월 12일이었으면 얼마나 숫자가 뚱뚱해 보였겠어.

잘 빠진 다리같이 늘씬하게 뻗은 7

그 옆에 도도하게 곧은 1

그 날카로움을 부드럽게 해주는 2의 곡선

내 생일은 완벽해.

덤불 공황

산에서 길을 잃은 사람들은
"갑자기 어딘지 모르겠는 거예요!"라고 하지만
사실은 한참 전부터 그 징후가 있었다는 것을 모르고 있다.
처음에는 이 길인가? 하며 가다가
이 길이겠지, 라며 정당화한다.
또 계속 가다가
이 길이 아닌가? 하지만
대충 맞는 것 같아, 라며
되돌아갈까? 하지만
너무 멀리 왔으니까. 한다.
좀 더 가다가는 진짜 이제 되돌아가야겠다,
이 길이 진짜 아닌 거 같아! 라며 불안해지는데
디스커버리 채널에 나온 설명에 의하면 진짜 겁을 먹는 등산객들은
뒤에서 덤불들이 자신들을 자꾸 앞으로 앞으로 떠미는 것 같아 전진하게
한다고 한다.
그것을 "덤불 공황"이라고 한다.
살면서 어떤 징후에 주의를 기울여야 한다.
우리도 가끔 뭔가에 떠밀려 아닌 것을 계속 하고 있다.

+ 잡담으로,

디스커버리 채널에서 서바이버 맨이라는 프로그램이 있는데
진행자가 7일 동안 아무도 없는 산이나 사막에서
카메라 한대를 놓고 살아남는 법을 몸소 체험하며 보여준다.
모닥불 피는 법이나 식량이 없을 때 먹을 수 있는 주변의 풀들을 소개해주는
것 따위인데
(정말 정직하게 촬영한다는 가정 하에) 해설자가 참 대단해 보였다.
근데 그 사람을 7일 동안 버티게 하는 것은 모닥불이나
나무열매, 보온침낭이 아니라고 본다.
그 진행자를 진짜 버티게 하는 것은 "카메라"가 아닐까.
아무도 없는 사막 한가운데서 카메라를 보며
"밤에는 체온을 따뜻하게 하기 위해 지푸라기를 모아야 합니다"
라며 열심히 설명하는 진행자의 얼굴을 보자니
잔인하게도 카메라가 망가져서 안 돌아가는 상상을 했다.
그때 그 진행자의 허탈하고 공포스러운 표정을 보고 싶었다.

비둘기의 새 트렌드

길을 걸으며 비둘기에게 주의를 기울이는 사람이라면,

최근 비둘기들 사이에서 검은 털과 늘씬한 몸매가 트렌드로

자리잡았다는 것을 알 것이다.

2000년대 초 중반까지 비둘기들 사이에서는

회색의 풍만한 몸매가 유행이었다.

그래서 너도나도 주워먹으며 살찌우기 바빴던 것이다.

당시 최고로 잘나가는 비둘기는 잿빛 털에

분홍빛 블리치가 들어간 글래머들이었다.

그것은 도시의 세련미를 상징함과 동시에 좋은 영양상태를 과시하는 것이다.

혹은 방사선에 오염된 것처럼 기형적인 얼룩을 가진 스타일도 꽤 유행이었다.

돌청 스키니같이 얼룩덜룩한 비둘기들은 펑크적인 감각을

뽐내며부터 나는 회색 비둘기들을 조롱했다.

그런데 최근 서울시의 비둘기 먹이 안주기 조례가 효과를 본 것인지 모르겠지만

비둘기들이 급격히 살이 빠져 얼핏 바로크 시대 까마귀 같은 인상을 주고 있다.

또 보송보송했던 회색 털은 매끈하게 기름 낀 검은 털이 대세로 자리잡았다.

시크해진 비둘기들보다 더 놀라운 것은 그들의 얇고 길어진 다리이다.

비둘기가 진화하고 있는 것인가?

불과 5, 6 년 전 뒤뚱거리며 살 찐 백작부인같이 걷곤 했던 비둘기들은

이제 긴 다리로 총총 거리며 매끈한 검은 몸을 과시한다.

마치 런웨이를 가로지르는 탑 모델을 보는 것 같다.

내년에는 어떤 트렌드가 유행할까

몇 가지 사례를 통한 단상

사례 1.

성실한 가정생활로 타의 모범이 되던 OO기업 부장 유부남(36세)
부남에게는 과학자가 꿈인 초등학생 아들이 하나 있으며
요리를 잘하고 파스텔 톤 스웨터가 잘 어울리는 부인이 있다.
그러던 부남은 어느 날 회사 후배 차매력(32)양과 가까워지고
전에 없던 편안함과 동시에 불 같은 애정을 느끼게 된다.
가정에 돌아오려고 열심히 애쓰던 부남은 결국
서서히 스며드는 차매력과의 깊어지는 사랑에 인생을 걸기로 작정,
재산과 위자료 및 양육권 모두 줄 테니 제발 이혼해 달라며
부인에게 부탁한다.
유부남은 나쁜가?

#사례 2.

불문학과 퀸 나이뻐(25세)양과 교제 중인 어중간(26)군은
나이뻐 양의 친구 기여워(25)양을 자주 만나게 되면서
자기도 모르게 사랑의 감정이 싹트게 된다.
그러나 동시에 나이뻐 양에 대한 애정도 진행 중인데,
어중간 군은 고민 끝에 둘 중에 더 마음이 기울게 된 기여워 양을 선택하기로 한다.

그러나 나이뻐 양에 대한 감정도 정리되지 않아 괴롭던 와중,

이러한 사정을 알게 된 나이뻐 양은

"너랑 헤어지느니 우리 셋이 사귀자'며 파격적인 제안을 해오고

뜻밖에 기여워 양이 이러한 제안을 적극 받아들이며

서로 괴로워하며 연 끊고 사느니 셋이 쿵짝쿵짝 잘 만나보자고 한다.

어중간 군은 본인의 의사와 동시에 두 여성의 의사를 반영,

이러한 이상한 연애를 시작한다.

어중간은 나쁜가?

#사례 3.

10년 된 여자친구와 암묵적으로 결혼을 약속하고 연애를

진행해온 변호사 수임료(34세)—이하 수변

수변의 동갑내기 여자친구 너만봐(34세)는 수변의

기나긴 고시준비 기간을 함께 인내해 준 자타공인

수변의 동반자다.

너만봐는 참고로 주변 남성들의 대시와 밀려드는 선 자리도

마다한 채 수변과의 지난한 애정을 지키며 조만간

수변이 프러포즈 비슷한 것을 하기를 내심 기대하고 있다.

어느 날 수변과 파르페를 먹으며 반지가 안 나오나 휘젓던 중

"우리 이제 그만 만나"라는 청천벽력 같은 소리를 듣게 되고

매몰차게 돌아서던 수변이 다음 달 어리고 잘빠진 간지녀(26)와

결혼을 한다는 것을 알게 된다.

여기서 수변이 너만봐와의 연애 동안에는 한눈을 팔지 않았다는 중요한

가정을 추가한다.

너만봐는 매일 밤 눈물로 이불을 적시는데, 수변은 나쁜가?

만약

유부남이 차매력에 대한 감정을 간직한 채 가정을 지키고 있고

어중간이 기여워를 만나면서 나이뻐에 대한 미련을 끊지 못하며

수임료가 10년을 만나놓고 헤어지기 미안해서 프러포즈를 하면

이들은 옳은가?

우리들의 시공간

과연 한 인간이 80년을 산다고 할 때
우리는 동일한 물리적 의미의 80년을 산다고 할 수 있을까?
더 많이 배우고 알고 느끼고 감상할 줄 알고
작은 것에 행복해하고 감사하고 웃고 울 줄 안다면
그리고 작은 것조차 내가 "야이야이야"하면
"예이예이예"하는 사람과 공감하며 이야기할 수 있다면
우리는 무미건조한 채로 자극에 둔감하게 사는 사람들보다
맞지 않는 삐걱거리는 사람과 에너지를 낭비하며
사는 것보다 시간을 몇 십 배로 확장해서 사는 셈이다.

상징적인 제스처

아래 세 부류의 인간들의 특징이 무엇일까.

1. 유명정치인

2. 해외홍보대사

3. 미스코리아

그것은 바로 상징적인 제스처를 할 수 있는 사람들이라는 것이다.
그들은 불우이웃을 돕는 것이 아니라
온정을 상징하는 종이 비행기 날리기 행사를 할 수 있고
장애인의 날에 장애우를 돕는 것이 아니라 장애인모금행사 바자회의 게스트가
될 수 있다.
세계평화를 위해 구호활동에 나서는 게 아니라 세계평화를 기리는 팔찌
제작행사에
테이프를 끊는다.
그러니까 이런 상징적 제스처는 아무나 할 수 있는 것이 아니다.
일반인에게 상징적 제스처를 취할 기회는 쉽게 오지 않는다.
그래서 도서관 앞에서 월드비전 단체학생들이
"평화의 벽돌 쌓기 행사"에 참여하라며
종이 상자로 만든 박스를 나에게 건넸을 때.

나는 가슴이 뜨거워졌다.

나는 정치인도 홍보대사도 미스코리아도 아닌데 돈도 안 되고 법적 의무도 없는

"벽돌 쌓기"라는 제스처를 할 수 있는 기회를 얻었기 때문.

근데 벽돌을 쌓자 학생이

"벽돌을 쌓으면 1천원 모금 받습니다"라고 했다.

그런 건 좀 일찍 말해주는 것이 좋다.

어떤 얼굴 두꺼운 인간이 1천원을 안 내기 위해 쌓았던 "사랑의 벽돌"을

무너뜨리겠는가.

약간 속은 기분이 들어 불쾌하긴 했지만 좋은 데 쓰신다니 이해하자.

악 몽

악몽을 꿨다.
잠깐 눈뜨자 4시, 그리고 7시에 눈뜰 때까지.
귀신이 나온 것도 아니고
내가, 또는 가족이 죽는 꿈도 아니었다.
다치는 사람도 하나 없었고 불이 난 것도 아니었는데 꿈은 오히려 너무 현실적이었다.
평소에 안 좋게 생각하던 것.
또는 생각하기 싫어서 덮어놨던 것
생각하기 싫은 사람에 대하여
생각하기 싫은 사건들에 대하여
모두 묻어두고 있던 것들이 꿈에 나타났다.
인간의 무의식이라는 것이 이러하다.
나조차도 잊고 있던, 나를 지배하던 모든 것들이 상징적으로, 또는 너무 구체적으로.
귀신이 나온 꿈은 영웅담처럼 다음날 이야기 거리가 되지만
어제 꾼 악몽은 나를 초라하게, 슬프게, 불안하게 만드는 것들이었다.
말하고 싶지 않은 꿈들이었다.

惡夢

악몽은 오히려 현실에서, 그리고 그 현실을 보는
나의 마음과 시각에서 온다는 것을 보고나니
당나라를 가려다 돌아온 원효대사의 깨달음을 떠올린다.
모든 것은 자신의 마음속에서 비롯되는 것이라고
나를 괴롭히는 모든 것들이 내 안에 있다는 것을 다시 느끼며.

세치 뽑아주고 싶다

금융경제시간에 앞에 앉은 남자
세치 뽑아주고 싶다. 흰머리가 너무도 많다.
가끔 몽롱할 때는 진짜 뽑으려고 다가가려다 정신을 차리곤 한다.
세치 뽑아주면 어떤 반응을 보일지 궁금하다.

1.
정말 고맙습니다. 제가 좀 세치가 많죠? 허허허.

2.
정말 고맙습니다. 친절하시군요. 차라도 한잔.

3.
미쳤냐?

나는 세치를 뽑아주고 어떻게 해야 할까.

1.

세치가 많으세요! 젊은 분이 호호호~~

2.

세치 많은 남자 매력 있어요. 끝나고 뭐하세요?

3.

염색 좀 해, 할배야!

아무튼 우리는 언제나 이런 다양한 경우의 수에서 한가지 선택만을 하고
살아간다.
그러나 은하계 저 너머에 선택 받지 못한 다른 경우의 수들이 만든 세상이
존재할 수도 있지!
그러니까 저 먼 곳에서 나는 앞자리 남자랑 세치 뽑아주고 차를 마시고 있을
수도 있다.
내가 사는 이곳에서 나는 아직 세치를 뽑아주지 않았다.

토요일 오후

내가 가장 좋아하지 않는 시간대가 낮 열두 시부터 다섯 시까지.

저녁부터는 마음이 평안해지고
밤이 되면 잠들기 전, 내일은 무슨 일이 생길까
기대하며 잠든다.
아침에 눈을 뜨면 오늘은 어떤 일들이 일어날까
설레며 집을 나선다.

그러나 낮 12시부터 5시까지의 시간은
끔찍하다. 나른하고, 졸리고, 귀찮고
지루하고 가끔은 슬프다.
종종 이런 생각을 한다.

토요일 오후,
남편은 스포츠 중계채널을 틀어놓고 소파에 드러누워 꿈쩍도 하지 않는다.
(바둑채널이면 더욱 최악이다.)
아이들은, 내복을 입고 디즈니 채널을 돌려보다가 싸운다.

베란다 창으로 오후 햇살이 가득 들어오고
하얀 커튼은 햇살을 미쳐 막지도 못한다.
나는 그 햇빛 때문에 현기증을 느끼는데.
도시의 아파트에서 창밖에 보이는 것은 하늘뿐이다.
나무 한 그루 보이지 않고
고개를 들어 창 밖을 보면
아무 것도 없는 하늘이다.
나는 내가 허공 위에 사는 것 같은 착각이 든다.
마음은 너무 불안정한데
베란다에는 여전히 햇빛이 쏟아진다.

나는 나른해서 어지러운데
아이들은 칭얼대고
TV소리는 짜증스럽다.

이 열기 속에 나는 토요일 오후 라면을 끓이거나
그 햇살을 등지고 나물을 다듬는다.

비둘기의 반항정신

비둘기가 참새들한테 못된 것만 가르쳤다!

이제 참새들도 길을 잘 비켜주질 않아!

이제 참새님들이 길을 지날 때까지 기다려야 한다.

비둘기가 언제 참새한테 이런 걸 가르쳐줬나?

그건 약 2년 전쯤 일이다.

장마철이었는데 그때 비둘기는 비를 피해 벤치 밑에서 안절부절 못하고 있었지.

근데 그때 옆에 참새가 있었다.

"야! 너네는 왜 인간들이 오면 무서워서 도망가니? 쫄지마, 별거 없어!

죽이겠니 살리겠니?

이 멍청한 새가슴들."

그러자 참새는 많이 깨달았다.

그래서 그때부터 참새들은 서로 모이를 먹으면서

조용히 이러한 반항정신을 전파했다.

그리고 조용히 그러한 반항정신이 빛을 발하는 순간이 오고 있는 것이다.

근데 더 큰 문제는 내가 얼마 전에 참새랑 까치가 같이 있는 것을 봤는데

까치한테도 반항정신이 깃든 듯한 표정이 지나간 거다.

큰일!

그럴 수도 있다

매년 연례행사처럼 사게 되는 다이어리가
앞장만 정성껏 쓰고 내다버린 게 벌써 수십 개지만

22살 남짓까지의 다이어리 앞장에는 항상
무엇을 해야 한다! 혹은
무엇을 하지 말자! 라는
비장한 각오가 써 있었다.

ex
합격해야 한다
점수를 올려야 한다
살을 빼야 한다
게으르지 말아야 한다
책을 몇 권 읽어야 한다
속마음을 말하면 안 된다—라는 말까지 있었다.

그런데 이런 걸 오랜만에 읽게 되면 매우 우습다.

떨어질 수도 있다.

꼭 다 잘할 필요는 없다.

살이 찔 수도 있다.

게으를 수도 있다.

책을 덜 읽을 수도 있다.

속마음은 말해도 된다.

〈그럴 수도 있지〉는 나의 신조가 되었다.

대단한 도전과 피나는 노력을

덕목으로 삼는 사람은 이런 나의 신조를

패배주의나 무기력함과 연결할 지도 모른다.

하지만 나는, 한때 모든 일에는 정해진 정답과 규칙이 있다고만 믿던 내가

한 살 한 살 나이가 들면서

많은 사람들과 많은 사건들을 보고 듣고

내 스스로도 경험이 늘어나면서

좀 더 이해할 수 있는 스펙트럼이 넓어진 것이라고 본다.

상 욕을 입에 달고 다닐 수도 있다.

애써 쌓아놓았던 것을 한 순간에 발로 차버릴 수도 있다.

간절히 원했던 것을 하루아침에 시시하게 느낄 수도 있다.

밤마다 클럽을 전전할 수도 있다.

이성이 아닌 동성에게 끌릴 수도 있다.

부모님이라고 다 옳은 것은 아니다.

두 사람을 동시에 사랑할 수도 있다.

결혼이 연애의 끝이 아닐 수도 있다.

우리가 배우는 공부가 가짜일 수도 있다.

좀 게으를 수도 있지 않나?

처음 보는 사람 앞에서 울어볼 수도 있다.

하고 싶은 게 없을 수도 있고

살기 싫은 날도 있다.

그럼 뭐 어때

그럴 수도 있지

그럴 수도 있다.

그럴 때도 있다

하고 싶은 게 없을 수도 있다.

하고 싶은 게 없다고 말할 때의 그 쪽 팔린 기분을 나 역시 잘 알고 있다.

하지만 신문기사에 가끔 나는

24살 OOO양, "국제문제 전문가가 될 거에요!"

25살 OOO군, "로봇 시대는 제가 만들 거에요!"

같은 기사에 주눅 들 것 없다.

하고 싶은 것은 없다가 생기기도 하고

하고 싶은 것인 줄 알았는데 별거 아닌 게 되기도 한다.

오늘 만난 친구가 하고 싶은 게 없다고 말하면서

민망해하는 표정을 감추지 못하길래

안타까웠다.

그럴 때도 있어.

늙는다

내가 처음 이곳에 왔을 때의 사람들의 반응이 생각난다.
어딘가에 외부인으로서 처음 인사하는 자리는
주목 받는 만큼 설레기도 하고 떨리기도 하고 많이 긴장된다.
여기서 만들어가는 이미지는 이제 나의 정체성이 되고
나는 그 정체성이 의심받을 때마다
끊임없이 증명해 보여야 한다.
나를 원래부터 알던 사람들이 아니기 때문에
내 모든 언행은 평가대상이 되고
나에 대한 작은 평가에 일희일비하는
살얼음 같은 시간이 오래 지속된다.
이십 대 초반에 내가 즐겨 쓰는 사교술이었던
유쾌한 농담, 밝은 표정, 벽을 허무는 이야기
같은 것들이 이상하게 이쯤에서는
할 말 못할 말 못 가리는,
푼수 같고 마냥 어린,
속없는 인간이 되어버리기도 했다.
이 편견을 깨기까지 거의 1년이 걸렸다.

지금은 아주 정제된 태도가 가끔 징그럽게 싫다.
화도 안 내고
소리도 안 지르고
농담도 가리고

속 얘기는 안 하게 됐다.

그제야 사람들이 아주 좋아한다.

내가 다루기 쉬워졌다고 생각하는 것 같다.

그러니까 작년만해도 나는 꽤 야생마였던 것이다.

어떻게 보면, 이런 점을 배운 것은 행운이다.

나는 어른들을 상대하는 법과 정돈된 마음을 갖은 척하는 법

쿨해 보이는 법을 배웠다.

어떤 면에서는 도움이 될 것이다.

하지만 이런 내 작전을 여기 쓰고 있으니

이 글을 읽는 여러분에게는 쓰지 못할 것이다.

새로운 친구가 들어왔다.

날 보는 것 같았다. 뭐가 그렇게 신나는지 웃으면서

떠들어대는데, 친해지고 싶어서 아무 말이나 일단 던져버리는 것 같았다.

이상하게 나는 에너지가 별로 없어서

이 친구와 친해질 기분이 나지 않는다.

나는 이곳에 처음 있던 사람들처럼

꽤 경직된 표정으로 조분 조분 말하고 있었다.

"네, 반갑습니다."

이런 걸 늙는다고 하는 것이다.

그 친구가 조금 민망해했다.

겪어봐라 인마

미안

누나는 좀 지쳐있단다.

잠드는 법

며칠째 열대야 때문에 잠을 설친다. 그리고 정신차리기 위해 커피 한 잔,
다시 밤샘이 반복되고 있다.

왜 몇십 년을 살면서 익숙했던 잠드는 행위가 이렇게 갑자기 어려워진 것일까.
나는 그동안 아주 순진하게도, 내가 몇십 년 동안 별 무리 없이 잠이
들어왔다는 경험적
사실만으로 오늘밤도 내가 잠을 잘 것이라는 확신을 갖고 살아왔다는 것을
발견했다.

특히 잠이 좀처럼 금방 안 오는 밤은 내가 그동안 어떻게 잠들었더라? 라고
묻게 된다.
보통 눈을 감으면 나도 모르게 그냥 아침이 되곤 했었다.
나는 잠드는 방법을 전혀 모른다. 그냥 어쩌다 그렇게 된 것이다.
즉 오늘밤도, 내일 밤도 내가 잠들 수 있을지 없을지는 내 소관이 아니다.

확실하지 않은 가능성을 갖고 잠이 들 것이라는 막연한 기대 하나로 지구가 반
바퀴 도는 동안
뜬눈으로 밤을 지샜다.
내가 좁은 방 구석에서 1미터 반경 내로 뒤척거리는 동안
지구는 무려 반 바퀴를 돌았다. 푸른 별 지구 한반도 어느 곳에서,
성냥갑 같은 아파트의 작은 방에서 26살인 여자는 괴로워하고 있던 것이다.

단순히 잠이 오지 않는 문제가 아니라 내가 잠드는 법을 모른다는 사실 때문에!
여름의 밤은 짧다. 그리고 어느 샌가 햇빛은 밝아오기 시작한다.

나는 그 무렵에는 너무 더워서 그냥 잠옷도 벗어버리고 속옷만 입고 있었는데
날이 밝아 오는 것을 알고는 눈이 부셔서 잠을 못 잘까 봐 옷장을 다 뒤져서
안 쓰던
선글라스를 찾아서 꼈다.
선글라스 덕분인지 나는 아침의 광명 속에서도 약 두어 시간은 잘 수 있었는데,
아침이 되어 나를 깨우러 들어온 엄마는 내 모습을 보고 너무 놀랐다.

나는 오늘밤 잠 들 수 있을까? 이런 바보 같은 질문도 되새겨볼 필요가 있다.
어차피 당신 역시 잠드는 법은 모르지 않는가.

천적 리스트

1. 흰 비둘기

2. 회색 비둘기

3. 알록달록 비둘기

4. 표정 없는 여자

5. 단발머리 남자

6. 6~8세 아동

7. 여름

자연계에는 언제나 천적이 존재하여 개체 수를 조정해주는 역할을 한다고 들었다.
내가 기하급수적으로 번식하지 않는 이유도 역시 위와 같은 천적들이
존재하기 때문이다.
근데 오늘 천적이 하나 더 늘었다

8. 날파리

날파리야 말로 대단한 천적이 아닐 수 없다.

밤이 되면 이상하게도 수천 마리의 비둘기들은 없어진다.

어디에 집을 지어놨는지 밤만 되면 비둘기를 피할 수 있으므로

비교적 상대하기 쉬운 천적이다.(흰색, 회색, 알록달록 모두 마찬가지)

표정 없는 여자와 단발머리 남자는 천적이긴 하지만 내가 알아서 피해 다니면

마주칠 일이 없으므로 이 역시 견딜만한 천적들이다.

그러나 이 날파리들은 피해 다닐 수가 없이 어느 곳에나,

그것도 하필 사람 얼굴 높이쯤에 떼로 몰려다닌다.

소리를 지르면 도망치기는커녕 입안으로 들어온다.

더구나 하루밖에 살지 못하는 개체이기 때문에 인지상정상 함부로 죽이기도

쉽지 않다.

날파리가 일주일을 사는 개체라고 하면 얼마나 끔찍한 세상이 될지 상상도

하기 싫다.

우리는 3초에 한번 정도 날파리를 먹게 될 것이다.

"안녕?" 악!!

"시험 잘 봤어?" 악!!

"요즘 날파리가." 악!!

"너무 많지?" 악!!!

"어떡해!" 악!!

한강에 자전거 타러 갔다가 날파리 엄청 많이 먹고 왔다.

여름이 정말 싫다.

그리고 날파리만큼 싫은 게 하나 더 생겼는데,

요즘 식당들.

콩국수를 아직 개시하지 않았으면 메뉴판에 안 썼으면 좋겠다.

나는 10년 전 돌아가신 할머니가 마지막으로 해주신 콩국수 이래로 콩국수를

한번도 먹어보지

못했다. 콩국수를 사먹으러 가면 식당에서 하나같이 하는 소리가,

"콩국수는 아직 안 되는데." 이런 말들뿐이다.

그럼 메뉴판에서 지우셔야죠! 아니면 빨리 개시하시던가요!

콩국수 먹고 싶다. 그 맛이 그립다.

콩국수를 진짜로 개시한 음식점을 알게 되면 연락주세요.

4천 원짜리 버블티를 먹다가 죄의식이 든다면

4천 원 남짓한 버블티를 거진 매일 사먹는 것이
정말 아깝다는 것을 나는 누구보다도 잘 알고 있다.
그러나 그것이 말처럼 유혹을 뿌리치기가 쉽지 않다.
차라리 밥을 안 먹을지언정 언덕길을 오르다가
보이는 그 버블티 가게를 보면 한 모금만 달라고 구걸이라도 하고 싶다.
그래서 쭉 사먹는데 4천원을 귀하게 쓰는 부모님한테 미안하다.

처음에는 이런 생각을 하며 정당화하였다.
아니 내가 재수를 했나 삼수를 했나
차를 굴리며 기름값을 쓰나
명품 백을 메고 다니나
나를 위해 매일 버블티 한잔?
나는 충분히 먹어도 괜찮아,
하며 한달 넘게 먹었는데
이제 그걸로는 충분하지가 않게 되었다.
그래,
내 자식은 사교육을 시키지 말자.
영어랑 수학을 내가 어떻게 대충 가리켜봐야지,
그럼 나는 두 달 정도는 버블티를 마음 놓고 먹어도 된다.

그러나 그것으로도 충분하지가 않았다.
아 안되겠네.
결혼식은 그냥 구민회관에서 해야겠다,
주례는 대충 동네 할아버지가 봐주겠지.

그러나 그것으로도 충분하지가 않는 때가 오기 시작할 무렵에는
중대한 결심을 하게 되었다.
막내(세 명을 낳고 싶었으므로 셋째)를 낳지 말자.
막내야 너는 엄마가 버블티를 먹느라 나오지 말아야겠구나.
너 키우고 대학 보낼 돈으로 엄마는
배터지게 버블티나 먹으련다.
하늘에서 엄마를 원망해도 미안하다,
너는 최고의 효도자식이니라

그리고 둘째야
대학등록금은 네가 벌어서 다녀라.
사람은 독립적으로 살아야 하느니라.
그리고 나는 엄마가 준 용돈으로 내일도 버블티를 먹어야겠다.

익사자, Carla Bruni

너는 기억의 강을 떠내려 가고

나는 강가를 달리며 너에게 돌아오라고 소리친다.

하지만 너는 천천히 멀어지고

미친 듯이 떠내려가는 너를 나는 아주 조금 따라잡는다.

때때로 너는 출렁이는 물 속에 잠기기도 하고,

가시덤불에 스쳐 걸리기도 하면서,

멈칫거리며 나를 기다린다.

부끄러움과 회한이

네 모습을 일그러뜨렸을까 두려워

말려 올라간 드레스 자락에 얼굴을 묻은 채.

너는 이제 가엾은 거품,

물결에 휩쓸려 죽은 암캐에 불과할 뿐.

하지만 나는 여전히 너의 노예로 남아 강으로 뛰어든다.

기억은 멈추고,

망각의 바다가, 우리 가슴과 머리를 부수고,

우리를 영원히 하나되게 할 것이다.

몇 가지 음식에 대한 단상

호박 잎을 데쳐 먹는 게 너무 맛있다.
호박 잎은 근데 털이 너무 많다.
제모 좀 해라 텁텁해.
물렁물렁한 복숭아가 너무 맛있다.
근데 복숭아도 털이 많다.
다들 왜 그래?
생선 눈이 너무 적나라하다고 했더니
엄마가 단칼에 생선머리를 절단하고 줬다.
너무 잔인하지 않은가?
미숫가루를 보면서.
톱밥하고 똑같이 생겼는데 왜 이건 맛있을까?
오미자 차를 마시면서 생각한다.

오미자… 참 예쁜 이름이구나.
하얀 얼굴에 호리호리한 몸
내성적이지만 가족을 위해 신림동 가발공장에
취직한 큰 언니의 이미지를 갖고 있다.
미자씨, 힘내요.

거의 매일 먹는 계란이지만 도저히 병아리 시체로 보이지 않는다.
탱크 보이 배 맛.
탱크 보이란 말이 무색할 정도로 몇 년 동안 크기가 대폭 줄었다.
탱크 보이의 초라한 모습이 오늘 나를 슬프게 한다.

SOMETIMES

I stop my routine-like action and think why
———————이하, 알베르 까뮈 시지푸스의 신화, 부조리의 추론 중-

실제로 그는 마치 자기가 자유로운 존재이기라도 한 것처럼 행동한다.
어느 모로 보나 이 자유란 것이 매번 부인 당하고 있는데도 말이다.
부조리를 만나고 나면 모든 것이 다 흔들려버린다.
나는 존재한다, 라는 생각, 모든 것이 의미를 지니고 있다는 듯이 행동하는
나의 태도,
이런 모든 것은 장차 죽음이 다가오고 있다는 부조리 성으로 말미암아
현기증나리만큼 부정되어 버린다.
내일을 생각하고 어떤 목적을 설정하고
이것보다 저것을 더 선호하는 이런 모든 것은,
비록 그 자유가 실감되지 않음을 분명히 아는 경우가 더러 있다 할지라도,
그것은 역시 자유에 대한 믿음을 전제로 하고 있는 것이다.
그러나 부조리와 맞닥뜨린 이 순간
그 우월한 자유, 어떤 진리를 성립시킬 수 있는 유일한 토대인
존재의 자유가 존재하지 않는다는 사실을 나는 잘 안다.
죽음이 여기, 유일한 현실로서 버티고 있다.
죽음이 오고 나면 내기는 이미 끝난 것이다.
나 역시 이제 더 이상 영원히 생명을 이어갈 자유가 없는 노예일 뿐이다.
더군다나 혁명의 희망도, 경멸에 호소할 길도 없는 영원한 노예인 것이다.

그런데 혁명도 경멸도 없이 계속 노예로만 머물러 있을 수 있는 자기 어디 있겠는가.
영원의 보장도 없이 충만한 의미의 자유가
어떻게 존재할 수 있겠는가.

삶의 어처구니 없는 반복적인 습관성에 대하여
부조리의 끝은 자살로 귀결된다는 내용의 실존철학적 글을 쓴
알베르 까뮈의 끝은
반드시 권총 자살이나 음독 자살이었어야 할 것 같았다.
그래서 그의 약력을 찾아본 결과
그가 50세의 나이에
미셸 갈리마르의 승용차에 동승했다가
교통사고로 즉사했다는 것을 알게 되었다.
사는 동안에 죽음과 인간주체에 대해 그렇게 고민했으면서
남의 동네에서 남의 차에 타고 남의 실수로
즉사한 것을 보니 아이러니하다.

드라마에서 가장 많이 나오는 말은?

드라마에서 가장 많이 나오는 말이 뭘까?

사랑해?

보고 싶었어요?

너뿐이야?

당신이 전부에요?

NO

정답은

"둘이 아는 사이야?"

드라마에서 그 둘은 반드시 아는 사이여야만 한다.

옷장 속에 처박힌 오래된 양말 한 짝을 보다가

사람의 본성에 대하여 확실하게 말할 수는 없지만
내가 겪어본 바에 의하면 전반적으로 모두는
그런대로 좋은 사람들이라고 생각한다.

나와 맞지 않고 밉다고 생각했던 사람들도 있었지만
그렇게 될 수밖에 없던 각자의 사정이 있었고
그 사람들을 그렇게 받아들이게 된 나의 사정도 있었다.
그래서 그런 배경을 이해하고 나면
이해가 깊어지면서 저 사람도 사실은 좋은 사람이었다는 것을
뒤늦게 깨닫곤 한다.

하지만 그런 이해가 관계를 회복시키는 일은 거의 드물다.
사람의 마음이라는 것이, 자기마음조차 어떻게 할 수가 없는 것이기 때문에
이미 마음이 떠나버리면 이성적으로는
다시 잘 지내봐야지, 좋아해봐야지, 다짐해도
다짐하면 할수록 무의미하게 느껴지는 것이다.

인간은 각자의 인생의 시간, 인생의 속도 속에서
자기만의 루트를 걷고 있는데
그 수많은 사람들 속에 그 사람과 내가 우연히 공통의 공간과 공기 속에
또 아주 우연히 서로 인생의 시간의 속도가 맞아떨어져 만났음에도

그 속도와 성질에 미묘한 균열이 발생하여
멀어지곤 한다.

하지만 모든 사람은 이 인생의 루트와 속도가 다른 것이기 때문에
어떤 사람이건 언젠가는 각자의 루트를 따라 멀어지게 되어있다.
쉽게 말해, 누구든 헤어지게 되어있다.
가족도 연인도 친구도 얼마나 오래 머물러있었느냐의 차이일 뿐.

언젠가 나의 인생의 루트를 돌아봤을 때
어떤 의미 있는 사람들과 의미 있는 사건들에 머물렀다 지나갔는가를
회상하게 될 것이다.
언젠가 우리는 모든 것을 잃어버리고
모든 것과 멀어지게 될 것이다.

옷장 속에 오랫동안 찾지 못한 양말 한 짝도
자기가 있는 곳에 있을 뿐이고
나 또한 내가 있어야 할 곳에 있기 때문에
나는 양말 한 짝을 만나지 못하는 것뿐이다.

어쩌면 많은 사람들이
"조금만 노력했더라면 관계는 달라지지 않았을까"
라고 후회할 수도 있지만
나는 그런 것들이 불가항력처럼 여겨진다.

울고 싶은 데 울 수 없던 날

왜 이번 가을은 조용히 넘어가나 했다.
그동안 이래저래 바빠서 미처 느끼지 못했는데
오늘은 일찍 학교를 나와
브라운 아이드 소울의 음악을 들으며 걷다가
가슴이 먹먹해졌다
그리고 순간적으로 느낄 수 있었다
또 올 것이 왔구나.
그러고 보니 11월 1일이고,
이 가을이라는 계절을 그저 보내기에는
나는 감수성이 너무 예민한 것이다.

이런 날은 한번 울어줘야지
그래서 음악을 반복재생하며
울만한 일을 쥐어짜보았다.
그런데 울만한 일이 없었다.
나를 울게 할만한 일이 없다.
슬픈 일이 없다.
그런데 마음은 답답하고
좋은 기분은 아니다.
이런 경우에도 사람은 울 수 있을까?

하지만 일단 그런 생각은 잠시 접어두고

집에 와서 고기를 구워먹은 후에

바깥도 좀 어두워졌으니

다시 음악을 듣고 울기 위해 집을 나섰다.

하지만 현대인은 아주 불행하게도

이 음악을 듣고 울만한 공간이 마땅치 않다.

어딜 가나 가로등에 네온사인이

울 수 있는 자유마저 빼앗아 버린 것 같다.

길 건너에는 중학생들이 담배를 피고 있고

울면서 지나가는 나를 보면 비웃을 것 같다.

내가 이러할진대

하물며 어른들은, 부모님은 얼마나 울고 싶던 때에

울지 못해 답답한 채로 밤에 잠들었을까.

어딜 가나 사람들이 있고

어딜 가나 불빛이 있어서

우는 사람에게는 꼭 "왜 울어요?"라고 다그칠 준비가 되어있다.

"그냥요"라고 말해도 될까?

결국 울지 못한 채 가슴만 두근두근하고

답답해진 채로 목까지 찼던 울음이

다시 들어가버렸다.

이 울음을 언제 어디서 토해낼 수 있을까?

이 울음의 근원은 무엇일까?

오늘 삼킨 이 울음이,

사실은 예전에도 뱉지 못해 삼켰던 울음이라면
이것은 몇 년 전 울음일까?
몇십 년 전 울음일까?
오래된 울음일까?

오늘 자고 내일 일어나면
이 글은 아주 부끄럽게 여겨질 것이고
감수성과잉이었던 어느 하루였다고 생각할 것이다.
하지만 뭐가 정말일까?
침착한 얼굴로 웃으며 하루를 시작한다면
그걸로 인간은 건강한 건가.

울음동호회를 만들고 싶다.
이것은 한 달에 한번 동호회원들이 모여
다같이 불을 끄고 펑펑 우는 것이다.
살면서 쌓였던 울음을 다 토해내고 나서,
멀끔해진 기분으로 맛있는 것을 먹으러 가면 좋을 것 같다.
새싹 비빔밥 같은 것.

쇼팽의 음악을 듣다가

올해는 쇼팽 탄생 200주년이다.

나는 수리통계학을 공부하다가 잠시 쇼팽의 음악에 정신을 맡기고 있었다.

모차르트처럼 "듣기에 편한 익숙한 멜로디"보다는

다소 모험적이지만 독창적인 쇼팽의 음색이 신선했다.

연주회 때 본 바로는 그의 음악은 넓은 음역을 사용하고 있으며

좀처럼 한번 들어서는 잘 외워지지 않는 창의적인 선율로 구성되어 있었다.

피아노 소리가 자유자재로 넓은 음역을 날아다니는 것을 듣고 있자니

피아노 음악이 정말 분절된 88개의 건반으로 연주되고 있는 것인지 흥분되었다.

그런데 이러한 음악이란 과연 연속일까 아니면 분절적일까에 대해 궁금해졌다.

이것은 순전히 수리통계학에 집착하고 있기 때문이다.

처음에는 피아노가 분절된 건반으로 이루어졌다는 아주 단순한 생각 때문에

불연속적이라고 결론을 내렸다.

그렇다면 현악기는 continuous 할까?

현악기를 continuous하게 연주할 수 있는 인간이 있다면 그렇게 볼 수도 있다.

그러나 바이올린의 예를 보더라도 연주자는 원하는 음을 손가락 마디로

짚어가며 연주하는 것을

알 수 있다. 그렇기 때문에 쉽게 결론이 나지 않았다.

이것은 음악의 연속성을 어떻게 볼 것인가에 대한 개념 정의부터 시작해야 한다.

두 가지로 압축되었다.

1. 쉼표가 없이 연주되는 경우가 연속적인 음악이다.
2. 음역대가 continuous하게 연결되어야 연속적인 음악이다.

두 가지 모두 가능할 수 있다.
또한 두 가지가 동시에 음악의 연속성의 조건일 수가 있다.

그러나 하나하나 짚어보자.
만약 쉼표 없이 연주하는 음악이 연속적이라면
우리의 음악을 연주할 때 피아니스트는 손가락이 엄청나게 많아야 한다.
음악에 빈 공간이 없이 지속적으로 연주되어야 하기 때문이다.
그렇기 때문에 손가락이 많아야 할뿐더러
연주자는 엄청난 폐활량을 갖고 있어야 하고
타악기 연주자라면 손바닥에 불이 나도록 연주해야 한다.
현악기 연주자라면 팔의 근력운동을 철저히 해야 한다.
관악기 연주자는 죽었다.

만약 연속적인 음역대로 연주되는 것이 음악의 연속성이라면
우리가 듣는 연주는 연속적인 음의 나열에 지나지 않는다.
피아노 연주라면 하농 연습곡의 1번 정도의 연주수준을 벗어나지 못할 것이다.
(하농-손가락 연습을 위한 악보. 도레미파솔라시도 도시라솔파미레도 같은
것으로 구성)
그런데 더 문제는 분절된 피아노 건반 사이에
숨겨진 음역이 많기 때문에 이러한 불연속을 커버하기 위해서는
피아노 건반이 아주 잘게 오징어 다리보다 얇게 쪼개져서 제작되어야 한다.
덩달아 연주자의 손가락도 그것을 연주하기 위해 매우 가늘어져야 할 것이다.

결국 무한대로 간다면 연주는 불가능하다.
실오라기 같은 건반과 실오라기 같은 손가락만이 남을 것이다.

현악기라면 악기의 구조상 현이 연속적이기 때문에
이러한 문제는 해결되지만
활의 움직임과 무관하게 현을 짚는 손가락의 운동이 단순히 좌우로 끄는
수준에 그치게 된다.
연속적인 음역을 연주하기 위해 분절적인 음을 짚지 않는다니까.
그렇다면 손가락 끝이 타 들어갈 듯이 아플 것이다.

하지만 무엇보다 문제는 그런 음악이 우리에게 아무 감흥을 주지 못한다는
것이다.

우리는 신기하게 이러한 개념을 전혀 모르면서도 어떤 음악이 듣기에
좋은지를 잘 알고 있다.

나는 좋은 부모가 될 수 있다

좋은 부모의 조건은 사랑할 줄 알아야 한다는 것이다.
사랑을 잘 소통할 줄 아는 부모는 그 중에서도 최상이다.
그러니까 보통의 부모는 다 훌륭하다.

가정이 중요한 이유는 한 아이를 양육하면서 칭찬할 때도 있고 혼낼 때도 있지만
항상 "돌봄을 받고 있다"는 믿음을 주는 데 있다.
부모는 아이를 평가해서는 안 된다.
아이를 포기해서도 안 된다.
백 번 잘못하면 백 번 혼내겠지만
단 한번도 내쳐서는 안 된다.

인간이 만나는 최초의 사회인 가정만큼은,
인간에게 지치지 않는 애정과 신뢰를 심어주어야 한다.
첫 사회가 인간을 거부하고 포용하지 않는다면 전 사회는 더 볼 것이 없다.

그렇기 때문에 부모의 임무는 막중한 것이다.
가족으로부터, "무조건적인" 애정을 받은 아이는
직장에서,
친구로부터,
동료로부터,
연인으로부터,

마음이 배반당하고 관계가 좌절되더라도 다시 나아갈 수 있다.

그에게는 아직 사랑과 믿음에 대한 자신감이 있는 것이다.

그러니까,

가족의 사랑은 한 인간의 자신감이다.

버스 창가에 앉아 있다가

고3 때 수능 끝나고 하고 싶은 것이 뭐냐고 물으면
나는 버스 창가에 앉아 음악을 듣는 것이라고 대답했다.
그 정도의 마음의 여유라도 있기를 간절히 바랬다.

요새는 매일 왕복 두 시간씩 버스 창가에 앉아 음악을 들을 시간이 끔찍하게도
많다.
창문은 예전보다 훨씬 큰 저상 버스로 바뀌었고
음악은 기호에 따라, 자유자재로 들을 수 있다.
그래도 그 여유가 왠지 불안해서
버스에서는 항상 뉴스든 영어방송이든
책이든 신문이든 뭐라도 해야 할 것 같다.
아직 나는 마음의 여유가 없는 것이다.

그런데 최근에는 머리도 어지럽고
그저 멍하니 앉아 창문을 보고 음악을 듣게 되었다.
그 긴 시간을 멍하게 잡생각을 하면서 보낼 수 있다는 것도 신기하다.
그 시간을 좀더 생산적으로 보낼 수도 있겠지만
역시 버스 창가에 앉아 생각에 잠길 때가 좋다.

포항에서 서울까지 매주 다녀갔던 친구는
사는 일이 바빠 매번 자정이 되어서야 터미널에 갔다.

그리고 장장 여섯 시간 동안 새벽 고속버스를 타면서

창 밖을 보고 자다가 음악을 듣다가

핸드폰을 만지작거리고 또 졸다가 감상에 젖다가 불편한 몸으로 내렸을 것이다.

나는 근래에 버스로 늦은 시간 통학하면서 전에 없이 친구의 그 여정을

떠올리게 됐다.

나처럼 심심하게 살았던 인간도

밤에 버스 창 밖을 보면 괜스레 서글퍼지는데,

하물며 그 친구는 어떤 감상이었을까

검은 산, 나무

조용한 고속도로

우뚝 솟은 방음벽

말없는 승객들

새벽의 휴게소

텅 빈 터미널에서 무거운 짐을 갖고 혼자 내렸을 때.

마음의 정리

-빨강머리 앤은 감수성 때문에 제 명에 못 살았을 것이다.

잔뜩 쌓인 설거지,
여기저기 내팽개쳐진 옷가지들
책상을 뒤덮은 서류더미는
무질서를 보여준다.
이건 정리를 하면 된다.

설거지는 맨 위에 있는 그릇부터 씻으면 되고
옷가지는 차곡차곡 개서 옷장에 넣으면 된다.
책상 위 서류더미는 용도에 맞게 파일 철을 해서 꽂아둔다.

그런데 마음의 정리는 어떻게 할 것인지 문제다.

사람들은 나에게 마음과 생각에 대해 물어본다.
그러면 나는 항상 준비된 대답을 갖고 있는 것처럼 말해야 할 것 같다.
그런데 나는 머릿속이 복잡하지만 사실 어떤 대답을 갖고 있는 경우는 거의 없다.
그 질문이 나 자신에 대한 것인데도 그렇다.
어쩌면 근래의 내 상태인지도 모른다.
잔뜩 엉킨 털실처럼 "실체"는 있지만 어떻게 풀어서 보여줘야 할지 모르겠다
정확히 말하면 나도 아직 못 봤다.

상대방은 대답을 재촉하지만

내 심정은 얼마나 답답하겠냐?

마음을 정리하는 시도를 해보려고 했다.

바탕화면에 마음폴더를 새로 만들고

카테고리를 나눈다.

걱정/느낌

느낌은 그냥 그때그때의 감성이다. 이건 오차항 같은 것이다.

걱정은 구조적인 내면의 문제에서 기인한다.

걱정은 또 나뉜다.

진로/관계/기타

기타는 진로나 관계 항목에서 설명되지 않는 걱정들이다.

진로는 또 나뉜다. 시나리오1/2/3

관계는 또 나뉜다. 싫은 애/좋은 애/이상한 애

나와 관계된 모든 카테고리가 여기 들어가는 것이 아니다.

내 마음을 복잡하게 하는 요소들만이 포함된다.

자 이렇게 분류하고

텍스트 파일을 만든다: 그 대상은 너에게 어떤 복잡한 심경을 불러일으키냐?

에 대한 답을 적는다.

또 sub 파일을 만든다: 그래서 거기에 대한 너의 입장과 해결방안은?

이렇게 하면 마음이 정리되냐? 아닌 것 같다.

마음을 어떻게 정리하나
마음은 눈에 보이지 않는 추상으로,
인간은 그것을 다루기 쉬운 방식으로 정의해두려는 노력을 할 뿐이다.
바탕화면에 폴더를 만든다고?
참신하지만 그냥 해본 소리다.

저런 노력은 사실 마음을 정리하는 것이 아니라,
"기억과 그에 대한 내 입장"을 정리해 놓는 것에 불과하다.
남들이 나에 대해 물었을 때
깔끔하게 대답하기에는 좋은 도구가 될지도 모른다.

마음의 범주에 이름을 붙이는 것
걱정하는 마음/좋아하는 마음/싫어하는 마음/슬픈 마음/
이것 또한 언어화된 범주일 뿐이다.
실제 인간의 마음이란
걱정, 사랑, 미움, 증오
기쁨, 슬픔, 즐거움은 화학반응처럼 섞여있다.
물리적 반응과는 다른 것이다.

기쁨과 슬픔이 공존하는 마음은 뭐라고 부를까? 기슬? 쁨픔? 기픔? 슬쁨?

그러니까 결국
내가 느끼고 있는 마음은 나만이 갖고 있는 아련한 것이다.
자기마음을 되지도 않는 말로 설명하려는 시도는 오히려 거짓되게 보일 뿐이다.

재미있는 하루의 모음

1.
친구들도 늙었다.

아직 학부생인 한 친구는 조별발표과제에서 21살짜리 여자 조장이 앙칼진
목소리로 내일까지
조사해오라고 한 social network site의 security issue 를 구글에서 검색하고
있었다.
대충해가라고 했는데 조장을 너무 무서워하고 있었다.
상욕을 해대면서 구글링을 하는 고 학번 친구가 안쓰러웠다.
그러나 그는 내일 수업시간에 공손히 말할 것이다.
"조장님, 여기 있습니다."

2.
국내 대형유통업체에 입사, 현재 매장에서 관리수습을 받는 선배는
얼마 전 동네 아주머니가 칸쵸를 컴플레인 했다고 욕을 했다.
사건은 이렇다.
"칸쵸가 싱싱하지 못하네. 그림이 흐릿해!"
"설마요"
그는 또 속으로 상욕을 하면서 새 칸쵸를 뜯어가 보여드렸다고 한다.
아주머니는 반 정도 집어먹더니 말했다.
"칸쵸가 싱싱하지 못해, 동네 칸쵸는 이렇지 않은데…."

3.

어제도 한 기독교인 친구와 설전을 벌였다.
나는 한창 신은 하나고 부르는 이름이 다르다며
예수를 의심하는 말을 했다가
친구한테 좀 미안한 생각이 들어 사과했다
미안!

친구는 개의치 않아 했다
"괜찮아 쿨하게 그냥 지옥 가. 넌 지옥 불에서 타 들어갈 때 나는 구름 위에서
벤츠 타고 있겠지."

4.

도서관에 한 민감한 아가씨가
나에게 동작이 크다고 주의를 주었는데 이마에 잡힌 주름이
매우 예민해 보여서 군말 않고 죄송하다고 했다.

사실 아까부터 네 문자소리도 시끄러운데 나는 참았다고요!
라고 말하려다가 너무 속 좁아 보여서 하지 않았다.
사실 그렇게 시끄럽지 않은 것 같은데 좀 조심했다.

그런데 성에 안찼는지 조금 지나면서
아 씨… 라는 묘한 감탄사와 함께 펜과 공책을 집어던지듯 놓고
발을 구르기 시작했다.
좀 겁도 나지만 재미있기도 했는데
여기서 자리를 옮기면 그 아이에게 행복을 주는 셈이니 버티고 앉아 있었다.

그래서 신경전 벌이다 과제를 거의 못했다.

5.

학부 때 몸담았던 풍물패가 망했다고 한다.

들은 바에 의하면 06남학생들이 공부를 너무 열심히 하고

07여자애들이 텃새를 많이 부려서

08부터는 대가 끊겼다는 것이다.

그러고 보면 당시에는 몰랐는데

우리 때만 해도 꽤 낭만이 있었던 것이다.(우리 때…)

C나D같은 학점에 대해 신나서 말했었다니.

신입생 동기인 한 친구의 남동생이 어제 수능을 봤다고 한다.

너무 놀랐다.

20살 때 그 친구가 "내 동생은 초딩이야!"

하며 늦둥이 동생을 자랑했었는데

그 친구가 동생 초등학교 졸업식에 간다며

학교에 입고 왔던 검은색 벨벳소재의 재킷까지 기억난다.

벌써 고3인 동생의 기사 노릇을 하며

수능 시험장에 응원을 갔다는 이야기를 듣고

세월이 참 흘렀군.

벌써 고3이야!

언젠가 이렇게 말하고 있겠지

"어머 너네 딸이 벌써 시집 갈 때가 됐나?"

6.

20살에서 26살이 되는 과정을 보면

당연히 늙긴 했지만 잘 와 닿지 않는데,

13살이 19살이 되는 것은

엄청난 성장과정이다.

그래서 참 놀라웠다.

지난 6년 간, 한 어린이가 성년이 되었던 것이다.

13살에서 19살이 되던 시간은 엄청나게 길었다.

항상 언제 나는 20살이 되지? 라는 기대를 안고 살았던 것이다.

근데 20살쯤 이후부터는 시간에 가속이 붙었다.

지난 6년간 나는 뭐가 되었지?

설명할 필요 없어요

자기가 뭘 하고 있고 앞으로 어떻게 살 것인지를
거듭 애써 설명하는 사람이 신기하다.

나는 그 사람이 어떤 인생을 살던
평가하고 싶지 않다. 응원해줄 뿐이지
그런데 다른 사람들에게
자기가 꽤 괜찮은 기준의 사람이라는 것을
보여주는 듯이 내세우는 그의 제스처는
매우 어설프다.

내가 그렇게 깐깐한 사람으로 보이는 건지도
모르겠지만
나는 너의 직장상사도 아니고
예비 장모님도 아니야.
나한테 허세 부리지마
있는 대로 있으면 돼요.

지갑을 안 갖고 온 날

오늘 지갑을 안 갖고 왔다.
주머니에 교통카드만 있었다.
돈이야 그런대로 빌려썼지만
그것보다 오늘 죽으면
신원미상의 변사체가 되기 때문에
각별히 주의했다.

내 죽은 얼굴을 사람들한테 보이며
"이 여자 아는 사람 있어요?"
라고 공공장소에 게시하는 장면은
생각만해도 싫다

영원한 10살의 친구

나에게는 항상 10살인 삼촌이 있다. 그는 약간의 지적 장애를 갖고 있는데
어릴 적 뇌염모기에 물린 후에는 반 정도 바보가 되었다.
나는 어릴 적 그가 이상하다는 생각을 해본 적이 없다.
나는 그의 모든 말을 진지하게 들었다.
지하철에서 길을 물어봤는데 여자들이 도망갔다는 이야기,
슈퍼에서 물건을 샀는데 아줌마가 자기를 의심스럽게 대했다는 이야기 같은
것들이
삼촌의 고민이었다. 나는 아주 진지하게 듣고 진지하게 고민해주었다.
"삼촌! 그 사람들 정말 이상하다."
명절 때 모인 친척들은 쉬쉬하며 그를 걱정했지만 누구도 그의 이야기를
진심으로 듣지 않았다.
그들은 삼촌의 현실적인 문제를 해결해줄 분들이었지만 엄연히 친구가 아니었다.
그러니 삼촌이 나를 어찌나 예뻐했던지!

그런데 12살 무렵 어느 날부터, 삼촌 가까이에 가는 것이 꺼려졌다.

그는 냄새 나고, 지저분하고, 어수룩했다. 별 것도 아닌 일에 열등감을 갖고 화를 내는 것도 봤고 12살인 나를 이기려고 할 때는 한심한 생각도 들었다. 이제 그와 밥을 먹게 되면 좀 떨어진 자리를 찾게 되고, 행여나 전에 그가 쓰던 수저를 쓰게 될까봐 노심초사했다. 그가 말을 걸면 간단한 대답을 하고 자리를 피했다.

내가 어릴 때 보아온 사촌 언니 오빠들처럼.

그래서 근래 어느 날 친척집에 들러, 그가 또 10살 무렵의 아이들과 이야기를 하고 있는 것을 보았을 때 마음이 안 좋았던 것이다. 그는 10살의 시간에 항상 머물러 있고, 우리는 그를 거친 후에 어른이 된다.

농구는 왜 하는가?

나는 학교를 참 오래 다녔다.
지금도, 학교에 있지만.
초등학교 중학교 고등학교 대학교 그리고 대학원까지
많은 교실과 학생들과 선생님들과 도서관과 운동장과
운동회와 입학식과 졸업식과 방학과 시험을 거쳤다.

언제나 학교 밖을 나가는 길에는
"운동장"이 있었고
그 중심에는 "농구 코트"가 있었다.
여고시절 그 농구코트는 장식용이었지만
대학에 온 이후로 농구코트는 언제나 북적거렸다.

농구코트를 보며 느끼는 것은
언제나 "아무도 없거나" 또는 "북적거리거나"
둘 중에 하나였다.

물론 내가 농구코트의 중심에서 활동하지 않고
언제나 지나다니는 행인이기 때문에 그렇게 느끼는 것이다.
앞으로의 이야기들에서 다소 스포츠맨들의 마음을
상하게 할 수도 있는데 너그럽게 이해를 바란다.

아침 일찍 학교에 오는 길에 농구코트엔 아무도 없는데

집에 갈 시간만 되면 어느새 사람들이 농구를 한다.

그리고 먼 발짝에서 그들을 바라보는 나는 몇십 년째 이런 생각을 한다.

"도대체 농구는 왜 하는가?"

골대에 공을 넣고 뺏고 달리고 넣고 다시 뺏고 넣고 달리고

수많은 동작을 반복적으로 하는 모습은

보는 사람으로 하여금 이런 의문을 가질 만도 하게 할 수 있다.

가끔은 "조물주"가

"농구코트"가 허전한 게 보기 싫어서

몰래 자기 애완용 생물들을 풀어놓은 것만 같다.

내 상상 속에서 조물주는 작은 원통 모양을 한 상자를 갖고 있는데

슬슬 해가 뜨기 시작하면 이 통 뚜껑을 열고

통에 들어있던 곤충들을 농구코트에 풀어놓는다.

그럼 이 곤충들은(마땅한 게 없어서. 곤충의 혐오, 무시의 의미는 전혀

들어있지 않다.)

꼬물꼬물 기어 나와서 와글와글 거리며

자기들에게 프로그래밍 된 대로 꾸물꾸물 움직이며

아침부터 밤까지 농구코트에 공을 넣다 뺏다 달리는 작업을 계속한다.

그리고 밤이 되면 조물주가 다시 이들을 차곡차곡 통으로 넣어서

뚜껑을 꼭 채우고 주머니에 넣는다.

그래서 어느 시간쯤이 되면 와글거리던 농구코트는

거짓말처럼 싹 비워져서
몇 시간 전까지 있었던 그 생명들의 모습이
누가 조작이라도 한 것처럼 사라져 버린다.

이런 상상을 하다니….

샌프란시스코의 goldenboy pizza

그 날은 시험을 코 앞에 둔 초저녁 여름이었다.

독서실 창 밖으로는 저녁 먹으러 들어오라고 아이들을 불러들이는
아주머니들의 목소리

알았다며 지저분하게 땅에 끌리는 세발 자전거 소리

나는 꽉 막힌 책상에 앉아 멍하니 있다가 문득 연습장 겉 표지에 있는
사진에 집중하게 되었다.

그 사진은 외국의 어느 예쁜 레코드 가게를 찍은 것이었는데 그 가게를 따라
쭉 이어진

골목 너머로는 새파랗게 상쾌한 바다가 펼쳐져 있었다.

나는 이 좁은 동네, 다섯 뼘도 안 되는 독서실 책상에 앉아 눈을 감고 먼
곳으로 여행을 간다.

여기는 어딜까?

붉은 레코드 가게에는 영어로 된 팸플릿이 붙어있고

따라서 이곳은 영어권 국가로 좁혀졌다.

그 앞에 주차된 차량은 우측에 세워져 있어서, 영국과 호주 등은 제외시킬 수
있었다.

그리고 결정적인 단서로, 레코드 가게 유리창에 비친 맞은 편 가게의 간판은
"goldenboy pizza"라고 쓰여 있었다.

근처에 바다가 있는 영어권 국가, goldenboy pizza가게가 있는 곳은?

인터넷을 검색해본 결과 그 가게는 샌프란시스코에 있는 피자가게였다.

구글 어스를 통해 맞은편 상점을 확인해보니, 원래 공책에서 보았던 레코드

가게도 확인할 수 있었다.

언젠가 샌프란시스코에 여행을 간다면 골든보이 피자가게 사장님에게 그 공책을 보여주며,

"저 이거 보고 왔어요! 우리 동네 독서실 다섯 뼘도 안 되는 책상에서 미적분을 하다가요!"

라고 말하고 싶다.

성의 부족

내가 솔직해서 —라고 나는 생각하지만
철이 없어서— 망쳐버린 관계가 꽤 있다.

나는 "외교적 수사"와 "피상적인 인사말"이 싫고
서로 속 마음이 어떤지 뻔히 알면서
"알 듯 말 듯 던져보는 말들"도 싫다.
"해결되지 않았는데" 애써 덮으려는
뻔뻔한 안부인사도 싫다.
싫은 사람은 노력해도 눈을 쳐다볼 수 없고
설사 어쩔 수 없이 웃어야 하는 상황이 오면
가식적인 내 얼굴을 내가 보면서 부자연스럽게 된다.

화를 낼 수 없는 상황이면
냉소적으로라도 말하면서 내 불쾌를 드러낸다.

하지만 내가 화를 내고 동요하는 대상이라면
아직 그만큼 애정이 있고 솔직히 행동하고 싶은 내 나름의 이유가 있는 것이다.

어떤 사람들은 게임을 해보려고 하지만
번번히 나의 이런 태도 때문에 좌절을 맛볼 것이다.
나는 형식적인 룰을 존중하려고 하지 않기 때문에,

마치 농구하는 남자애들을 보며 '왜 저렇게 이기려고 애를 쓰지? 그냥
바구니에 공 넣는 건데'
라고 여겼던 것처럼

어떤 사람은 이런 내가 아직 애 같은 거라고 하지만
나는 사람에 대한 기대의 끈을 놓고 싶지 않다.
누가 나를 어떻게 생각하고 대하든
그 과정에 인간적으로 성실했다면 난 기꺼이 이해할 것이다.
성의부족과 태만함이 느껴지는데
왜 외교적으로 좋아 보이려 들지?

그래서 어제 또 한방 먹였다
결국 나한테 독이 되겠지만.

여름이 가네

여름이 가는구나 했는데 엄청난 무더위가 이어지고 있다.
하지만 신기하게 계절은 때맞춰 오는 거라서
초여름부터 줄기차게 울던 개구리도 이제 조용해졌고(죽었는가)
징그럽게도 아스팔트 위에 간간이 매미 시체들이 보이고 있다.
베란다 너머로는 은은한 찌르레기 소리가 들려서
여름에 목청껏 울던 매미랑은 또 다른 느낌을 준다.

내 방 바깥으로는 갓 지어 아직 재학생이 없는 유령 고등학교가 하나 있고
그 주변에는 은은한 LED가로등이 간격을 맞춰 서 있다.
그 뒤로는 고속도로를 향하는 4차선 도로가 굽이굽이 있는데,
주변에는 아직 용도미정의 벌판들이 있어서
약간의 흙더미가 있고
그 도로 주변에는 사람이 안 다녀서 LED가 아닌 구식 가로등이
간헐적으로 있다.

낮에는 초록색 풍경이 너무 예뻐서 한번도 그 도로를 제대로 본 적이 없는데
차가 전혀 다니지 않는 새벽 2-3시, 이 시간쯤에 창 밖을 내다보면
그 사 차선 도로가 가장 먼저 눈에 들어온다.

마치 이 시간쯤에 나타나는 마법의 도로처럼
나는 그 도로가 신비롭게 느껴진다.

그 도로를 타면, 익숙한 우리 동네가 아니라
어디로 가는지도 잘 모르는 고속도로를 향하는데,

나는 조용히 도로를 바라볼 뿐이지만
일단 마음을 먹고 그 도로를 따라 걷고자 생각하면
굉장한 일이 벌어질 것만 같다.
그리고 그 앞에는 학생은 전혀 없는 고등학교가 있는데
이 모든 것들이 어떤 장치처럼 여겨지는 것이다.
이 밤에 내 눈에만 나타나는 판타지 같은 것
곧 가을이 되고 겨울이 되면
마음이 더 안 좋아질 것 같다.
봄 여름에는 항상 북적거리고 새로 시작하는 일들이 많아서
내가 어떻게 살고 있는지, 외로움이 뭔지, 사는 게 뭔지
와 닿지가 않는다.
하지만 이제 곧 바람이 선선해지고 한 해가 가는 기분이 들면
그리고 거리가 추워져서 지금처럼 북적거리는 인파도 없어지고
여름휴가에 들뜬 수다스런 사람들이 없어지면

우리는 지금 여기에 살고 있다는 것,
그 몇 십 개의 1년 중 한 해를 벌써 보냈다는 것,
관습적이고 심리적이고 정서적인 구분을 위한 연말연시 행사들이 이어지고
아주 무디고 둔한 사람조차
"이렇게 한 해가 가네" "나이가 한 살 늘었네" 하는 감상적인 듯한
말을 뱉게 될 것이고,
정신 없는 가운데 이런 고뇌를 비웃기라도 하듯 규칙적으로 새해가 오겠지.

사실 그런 건 오히려 괜찮다.

가을 겨울. 거리에 잡음이 없어지고

나 자신과 중요한 것에만 집중을 해야 하는 그런 시기가 올 때

내가 나에게만 집중할 수 있을지 걱정될 뿐이다.

왜 하루살이는 죽음을 자초하는가

책상에 앉아 공부하다가 눈 앞에서 얼쩡거리는 하루살이 하나 때문에
산만해졌다. 팔을 휘저으며 쫓아보는데 이 간 큰 미물이 겁도 없이 자꾸
내 얼굴로 돌진해온다. 원을 그리면서, 나선형으로 돌면서, 휘저으면 잠시
멀어졌다가 다시 멤 돈다.
어떻게 죽이지 않을 수가 있을까?

하지만 이 하루 사는 미물을 죽이는 것이 내키지는 않는다.
내가 지금 죽이지 않아도 어차피 오늘 내일 하는 놈을
꼭 죽여야만 할까?
꼭 죽여야만 했다.
미안, 그러니까 왜 자꾸 건드리냐 말이야.
앞으로 열 시간 정도는 더 살 수 있었을 텐데.

장염 때문에 닉네임 바꾼 날(살모넬라)

온라인 상에서 닉네임은 일종의 아이덴티티가 되어
한번 정해지면 좀처럼 바꾸기가 쉽지 않지만
며칠 째 장염을 앓고 나서 블로그를 보니
살모넬라라는 닉네임에서 정말 '재수가 옴 붙은' 기분이 들었다.

이름이 예뻐서 쓴 것뿐인데
ー매력적인 것은 대부분이 유해하다
사람은 정말 이름처럼 사는 것인지
유독 올해에는 전에 없이 장에 탈이 잘 나기 시작했다.

하지만 한편으로는 닉네임을
"에이즈"나 "캔서"로 짓지 않은 것은 다행이었다.

장염이 한번 걸리면 쥐약 먹은 짐승처럼
배를 움켜쥐고 고통스럽게 신음해야 한다.
마루바닥에서 배를 잡고 뒹굴면서
이 짐승 같은 동작이 왠지 모르게 기분이 좋았다.

하지만 배속에서 엄청난 세균들이 힘을 모아서
장을 걸레 짜듯 꼬는 이 고통은
어디에 비견할 수가 없다.

더불어 이 장염의 원인이었던 생선가스를 같이 시켜놓고
한입만 먹은 채 "나는 입맛이 없어"라고 나한테
두 그릇을 주었던 한 인간이 못 견디게 얄미워졌다.
전화해보니 영문도 모른 채 드라마를 보고 있었다.

그리고 정말 돈을 많이 번다면
하인을 최소 3명 정도는 쓰고 싶다는 생각을 했다.
하나는 모든 움직임을 시중들어줄 아주머니 하나,
어디든 데려다 주는 운전기사 하나,
누워있을 때 위에서 책을 들고 넘겨주는 사람 하나.

장염의 진짜 묘미는 야위어 가는 모습을 보는 것이다.
이왕 아픈 것이라면 붓는 것보다는 빠지는 게 일단 좋다.

그래도 좀 나아서 오늘은 외출해 볼 수 있다.
+Dignity는 나의 덕목

남 자

다시 태어나면 남자로 태어나고 싶다? 고 생각한 적이 단 한번도 없다.

남자, 대단하다.

회생 불가능한 망나니처럼 보였던 남자아이들조차, 이 나이쯤에는 한번도

"내 꿈은 평생 독신으로 여행 다니며 사는 거야. 집 없고 차 없으면 어때 나만

즐기면

되지!"라고 말하는 것을 본 적이 없다.

어떤 남자아이들도 어떤 순간에는 갑자기 진지하게 말하곤 한다. 자기가

얼마나 준비되어

있는가에 대하여.

또 많은 남자아이들은 어린 나이부터 자기의 드림 카와 가족상,

집의 크기 같은 것을

구체적으로 말하고 더 나이가 들면 나는 무엇으로 먹고 살겠다는 진지한

대답을 항상 갖춘 듯 보인다.

최소한 이런 미래상을 세련되게 말하는 법이라도 배워야 결혼할 여자를 얻게

되는 것 같다.

믿어요

이 세상에서 가장 절박한 사람은
가까운 사람에게 자기를 믿느냐고 거듭 확신을 구하는 사람이다.

"나 믿지? 믿지? 믿지?"
라고 절박하게 묻는 사람이 있다면
안 믿어도 믿는다고 말해주어야 한다.
때로는 생사를 결정지을 수도 있는 중요한 말이다.
자신이 상대방에게 중요한 존재일수록 그렇다.

상대방이 바보라서
어떤 해결을 기대하고 사람에게 확신을 달라고 매달리는 것이 아니다.
그 상황을 자신에게 부여된 권력으로 생각하는 사람은 최악이다.

욕

내가 욕을 하는 경우가 드물게 있다.

대부분이 아주 창피하고 후회스러운 기억이 떠올라서 어쩌지를 못 할 때 입

밖으로 뭐라도 뱉어내야만 하는 상황에서 나오는 것이 욕이다.

보통 아침에 머리를 감다가,

밤에 자려고 누웠다가,

혼자 길을 걷다가

가장 많이 욕을 하게 된다.

물론 나 자신에게 하는 욕이다.

친! 까지 나왔다가 뒤의 욕은 사람들의 시선 때문에 목구멍으로 삼킨다. 미친!

까지는 아주 큰소리로 뱉어놓고 수습이 어려웠던 상황도 있었다.

이 장면을 본 친구들은 무섭다느니, 틱이 있는 것 같다느니 우려하지만

창피한 기억을 욕으로 뱉어버림으로써 가볍고 손 쓸 수 없을 정도로,

그래서 누구 탓도 못할 정도로 엉망인 것으로 만들어버리고 싶은 걸

이해해주길 바란다.

찐빵 파는 여자

찐빵을 사러 갔다.

밤 늦은 시각, 어떤 국도에 위치한 작은 컨테이너 건물과 트럭에서 찐빵을
팔고 있다.

가게 이름은 "호호찐빵"이던가?

가게에 들어서자 주인 여자가 그제야 나와 열심히 찐빵을 만든다.

그 푸근한 열기와 고즈넉한 밤 기운 속에서, 조용히 찐빵을 만드는 그 여자를
물끄러미 보았다.

그 얇고 각진 갈매기 눈썹화장을 보는 순간, 찐빵의 이미지가 이상해졌다.

하긴, 찐빵을 파는 여자라면 왠지 목도리를 칭칭 감고 청순한 스웨터에 머리를
느슨하게 묶고 있을 것이라고 생각하는 내가 이상할 수도 있다.

하지만 아무리 노력해도 그 갈매기 눈썹과 새빨간 입술,

야무지게 뒤로 넘긴 머리스타일은 찐빵과 어울리지 않았다. 왜, 왜 찐빵일까?

나에게 쓴 편지

한때는 내가 없는 것 같다고 생각한 적이 있었다.

하지만 아니야, 나는 정말 존재하고 있었다.

뿌리 없이 연못을 떠다니는 연꽃이 아니다.

나도 깊이 내 뿌리를 박고 있다.

캠코더로 사람들을 구경만 하고 있던 게 아니다.

캠코더로 보고 있던 나 자신이 있었던 것이지.

바람만 들어간 부레옥잠이 아니다.

내 안에는 공기가 아니라 내 자신으로 가득 차있다.

인간이 얼마나 멋진 존재인가

지나고 나면 자신을 객관화하여

반성하고, 분석하며 나아갈 힘을 얻곤 한다.

내가 그렇게 내가 비어있다고 느꼈던 순간에도

방황하며 나를 찾으려는 노력하는 자아가 있었다.

그 자아는 헤매었지만 그 자아도 멋있는 사람이야.

이제는 내 생각에 내 의지에 내 인생에

자신을 갖고 사랑하며 살아야겠다

사랑해,

너는 존재하고 있단다.

말을 아껴야지

어린 시절 학교에 다닐 때

하루 종일 입을 열지 않고 귀신처럼 앉아있다가 하교하는 아이가 있었다.

당연히 왕따였는데 편의상 "빠로레"라고 칭해본다.

(참고로 여기서 빠로레는 프랑스어Paroles 에서 나온 것인데,

말을 전혀 하지 않는 학생을 빠로

레로 칭한 아이러니한 표현입니다.)

나는 아버지에게 물었다.

"아빠 우리반의 빠로레는 학교에서 한마디도 안 해서 왕따예요."

아버지께서는

"빠로레처럼 말을 하지 않으면 입이 나중에는 딱 붙어서 떨어지지 않고 썩어서

문드러질 수도 있다"고 말하셨고 나는 그날부터 날개 돋친 듯 수다를 떨었다.

그런데 문제는 사진을 찍으면 영혼이 빠져나갈 까봐 겁을 내는 원주민들처럼,

최근에는 말을 많이 할수록 내 존재가 희미해진다는 인상을 받기 시작했다.

마음의 짐을 갖고 있기가 싫어서 그것을 쉽게 뱉어낸 결과

마음의 짐과 함께 영혼의 무게마저 조금씩 가벼워지는 것 같은 생각이 든다.

아직 정리되지 않은 콘텐츠들이 질서 없이 출력되어 나가는 바람에

모두가 복잡한 생각 중에 일관된 표현을 하는 것에 비해

나는 복잡한 생각을 그때그때 표현해버리는 뒤죽 박죽한 사람이 돼 버린 것 같다.

어쩌면 빠로레의 내면에는 빠져나가지 않은 영혼이 가득하지 않았을까.

오히려 강하고 단단한 자아라서 굳이 공중으로 날릴 필요가 없었는지도 모르겠다.

이상한 꿈

어제 꿈에 친구 X가 나왔다

누군지 기억이 안 나는데, 매우 중요한 친구였다.

그 친구가 나에게

"매우 쇼킹한 비밀얘기"를 해주겠다고 했다.

나는 너무 궁금해서 "뭔데 뭔데!"하면서 친구를 독촉했다.

근데 나는 이것이 꿈인지 아는 상황이었다. 그래서 나는

"이 꿈 이제 깰 거 같아, 시간 없으니까 빨리 말해!" 라고 했다.

나는 친구가 비밀을 채 말해주기 전에 꿈을 깰까 봐 노심초사했다.

이 꿈 속 공간만이 친구의 비밀을 들을 수 있는 유일한 창구로 느껴졌다.

그런데 의식의 한편에서는, 친구X의 의식이 되어

"아 사실 비밀 없는데 뭐라고 둘러대지"하며

고민을 하고 있었다.

나는 한편에서는 머리를 쥐어짜내며

무슨 비밀을 말해야 할지 고민했다.

그런데 당연히 말할 수 없었다.

나는 친구 X가 아니기 때문에 그 아이가 무슨 비밀을 말하려는지 알 수 없었다.

꿈 속에서 두 명의 의식이 되어 서로 상대방 때문에 골머리를 앓았다.

나는 결국 친구 X에게 아무 얘기도 듣지 못한 채 잠에서 깼고

친구X는 자기가 무슨 말을 하려는 지도 모른 채 우물쭈물하다가

의식에서 사라졌다.

너무 더운 날

다이어리 내용
너무 더워서 힘들어 죽겠다.
몸이 너무 크고 무거운 것 같다.
몸을 접어서 가방에 넣고 다니고 싶다.
근데 가방은 누가 들지?

시험기간에 머리를 비집고 들어온 잡생각 시리즈

시험기간에 머리를 비집고 들어오는 잡생각 시리즈

1. 이정재와 정우성이 사귀자고 하면 누구랑 사귀어야 할까

2. 마르고 하얀 애들만 어울리는 쉬폰 원피스는 어떤 인간이
    발명해서 사람을 스트레스 받고 짜증나게 하냐
    쉬폰 알프레드 쉬폰 맥클러스키 쉬폰 밀러
    쉬폰 보브와르 드 크리스챤느 랑방 오데뜨

3. 사람이 살면서 꼭 해야만 하는 일이 있다.
    전혀 중요해 보이지 않지만 자기자신에게 증명을 해야만 하는
    상징적인 사건 같은 것이다.
    가령 줄넘기를 안 쉬고 백 번 한다든가
    세면대에 코 박고 숨을 2분 참아본다든가
    하루 종일 상 욕을 달고 살다가 참는다든가
    무의미해 보이는 그것을 하는 이유가 나를 나에게 증명해 보이는 것에 있다면
    세상이 갈라져도 무조건 해야 한다.

4. 개 키우고 싶다. 종은 황금색 포메라니언으로.
    이름은 타이거 릴리로 짓고
    세상에서 가장 섹시한 개새끼로 키우고 싶다.
    (도달할 수 없는 자아를 투영하고 싶은 것이다)

5. 딸은 나이가 들면서 엄마를 이해하게 된다고 한다.

   나는 나이가 들며 엄마의 감각을 이해한다.

   허리가 아프다는 엄마의 말은 배꼽이 아프다는 말처럼

   이해할 수 없는 것이었다.

   허리가 아프다는 개념은 도대체 무엇인가.

   그 감각은 도대체 무엇인가.

   그러나 이제 나도 허리가 아픈 게 무엇인지 아는 때가 왔다.

   하지만 사실, 나는 여전히 완벽히 이해하지는 못한다.

   생각해보니 내가 느끼는 감각과 엄마가 느끼는 감각이 같은지는

   모르는 일이니까. 결국 나는 영원히 이해하지 못할 것이다.

6. 잡생각은 정말 서두에 쓴 대로 머리를 비집고 나타나는 것일까.

   아니면 잘 가고 있던 내 생각이 잠시 경로를 이탈하고 있는 것일까.

   그게 그거라고 생각할 수 있지만 중요한 차이가 있다.

   머리를 비집고 나타나는 것이 잡생각이라면

   행동의 주도권을 내가 아닌 잡생각에게 줘버리는 것이 된다.

   결국 나는 무의식 중에 이러한 문장을 쓰면서

   잡생각을 하는 나 자신의 책임을 회피하고 있는 것이다.

   사실이 어떻든 간에 이 세상에서 책임 있게 살려면

   내 산만함 때문에 생각이 이탈했다고 말해야 한다.

   나는 내 의지로 이탈하지 않고 집중할 수 있었던 것이다.

   애초에 비집고 들어올 잡생각 같은 것은 없었다.

   무조건 내 잘못이다.

마이쮸

내가 제일 좋아하는 아이템은 마이쮸 포도 맛이다.
가끔은 이게 단맛 나는 고무 같아서 신나게 씹는 내 자신이
아프리카 사람같이 느껴질 때가 있지만
어쨌든 기존 비슷한 제품들보다 인공 착색료 뭐 이런 거 맛도 덜하고 먹으면
기분이 좋아진다.

근데 오늘 갑자기 느낀 건데 슈퍼에서 이거 하나 계산하기가
왠지 부끄럽게 느껴졌다. 작년까지만 해도 당당했는데!
순간 슈퍼에서 오백 원짜리 마이쮸를 하나 사먹는 것이
당당할 수 있는 어린이들이 부러웠다.
더불어 왜 크라운제과는 성인들도 즐겨먹는 마이쮸의
제품명을 그렇게 유치하게 지어서 나 같은 사람들을 부끄럽게 하는지 원망스러웠다.
제품명을 〈2010〉이나 〈삼선〉 등의 사무적인 용어로

바꾸고 디자인을 무채색 계열로 바꾸었음 좋겠다.
결국 오늘 갑자기 느낀 알 수 없는 부끄러움 때문에
마이쮸의 유치함을 희석시킬 수 있는 쓸데없는
사무용품을 (양면테이프) 같이 구입해야 했다.
"양면테이프"를 사러 왔는데 갑자기 "마이쮸"가 눈에 띄어 사는 고객처럼
보이기 위해서였다.
제과회사들의 세심한 배려가 필요한 시점이다.

오늘의 운세

다이어리 내용

붙임성 없고 까다롭게 굴다가는 뒤통수를 한 대 얻어 맞을 수도 있다.

화나고 짜증나는 일이 있어도 괴팍하게 굴지 말라.

특히 오늘은 성(性)에 관한 직설적인 표현을 금하는 것이 좋다.

무심히 뱉은 말이 불씨가 되어 화를 당할 수 있다.

구설수에 올라 마음까지 다 타버릴 수 있으니 이를 꼭 명심하자.

-인터넷에서 제공하는 오늘의 운세

붙임성 없이 까다롭게 굴면 당연히 얻어맞을 수 있다.

성에 관한 직설적 표현을 금하라니

김은지 오늘 나에게 전화하지 말 것.

참을 수 없는 존재의 가벼움에서

사람들이 아직 젊고
자기들 삶의 총보가 겨우 처음 박자에 와 있는 한
그들은 공동을 작곡하고 모티브들을 서로 교체할 수 있다.
이미 서로가 나이가 들어 만나게 되면
이 작곡은 많든 적든 간에 완성된 것이다.
그래서 어떤 말이나 어떤 대상을 막론하고
그것은 각자의 작곡에 있어서 다른 것을 의미한다.
이제 우리는 사비나와 프란츠를 분리시키는
심연을 더 잘 이해할 수 있다.
그는 그녀의 삶의 역사를 열심히 들었고
그녀 또한 프란츠의 역사를 열심히 들었다.
그들은 실제, 서로가 말했던 단어들의 의미를 잘 이해했다.
하지만 이들 단어를 관류하는 의미론적 강물의 소리를 들을 수 없었다.
이러한 근거에서, 프란츠는 사비나가 자신이 보는 앞에서
중절모를 썼을 때 그토록 당황했었다.
그는 그 동작을
음란한 것으로도, 감상적인 것으로도 받아들일 수 없었다.
그것은 그가 납득할 수 없는 행동으로서
그에게 아무런 의미가 없었기 때문에 그를 당황시킨 것이다.

나도 이제는 가끔 사람들과 단순히 성격차이가 아니라

조화될 수 없는 본질적인 차이 때문에 마음을 닫게 된다.

잔잔히 반주만 깔아놓고 어떤 모티브에도

즉흥적인 변주를 하고 싶지만

반주라고 생각했던 게 모든 멜로디를 위한 것은 아니었던 것 같다.

나도 언제부턴가 부터는…

내 반주에도 조금씩 나만의 곡조가 녹아 들어서

변주될 수 있는 모티브들의 영역에 한계가 생겼다.

맞지 않는 멜로디를 소화하려고 억지로 반주하면서

엉망진창인 연주회를 만들고 싶지 않다.

우리는 어떻게 멀어졌던가

사촌오빠와의 냉전은 12살 때 할머니네 1인용소파에
내가 앉았다가 화장실을 다녀왔는데 오빠가 그 사이에
앉아있음으로 인해 시작되었다.
나는 이상하게 그런 것에 집착이 강했다
비키라고 떼쓰다가 오빠가 안 비켜준 이후로
우리는 자연스럽게 어색해졌다.

유치원 때 피아노학원에서 만난 한 남자 아이가 있었는데
그 아이랑 나는 눈이 마주치면 웃음을 짓는 사이였다.
지금으로 표현하자면 약간의 호감 정도였을 것이다.
그런데 내가 어느 날 개랑 눈이 마주쳤는데
그날은 왠지 웃는 게 귀찮았다.
그래서 개가 웃는데 그냥 고개를 돌렸다.
그 다음날에는 내가 웃으려고 했는데 개가 고개를 돌렸다.
자존심이 상해서 다시는 안 쳐다봤다.
그렇게 자연스럽게 멀어졌다.

나는 고교졸업식 때 많이 울었다.

그리고 선생님한테 매우 애틋한 표정으로

꼭 찾아 뵙겠노라고 약속 드리며 감사를 표시했다.

그런데 지난 여름 정오에 매우 뜨거운 날

버스정류장에서 서성거리다가 앞에 고3때 담임 선생님이 서 계신 것이 보였다.

아는 척을 하고 싶었지만 사실 많이 더웠다.

선생님도 왠지 나를 못 보신 것 같아서 그냥 모른척했다.

그리고 버스에 탔는데 선생님과 눈이 마주칠까 봐 나도 모르게 고개를 숙였다.

사람 관계라는 게 아주 이렇게 어이없는 이유로 단절되기도 한다는 것을

생각해본다.

당연히 내 탓이다.

내가 조금만 노력했다면 나는 이들 모두와 아주 다른 관계에 있을 수 있다.

스타는 외롭다

나는 스타가 아닌데(당연히)
이상한 스타의식에 사로잡혀 있다.
내 일거수일투족과
내 일상과 생각에
관심을 갖고 감탄해주는 사람이 없다는 것이
엄청나게 외롭고 쓸쓸하다.

얼마나 유치하고 웃기는 감정인가를 알지만
그동안 그런 것 없이도 잘 살은 때가 많지만
지금 내 방밖으로는 언제든 내 이야기를 들어줄 준비가 된 가족들과
어떤 얘기에도 항상 귀 기울여주는 친구들이 있지만
그것만으로는 충분하지 않고
여기에 있는 지금 나에게 집중할 수 없이
춥다!
춥고 불안해진다.

다 내려놓고 안으로 집중하자
침전되지 말고 안으로 뭉쳐보자
집중하고 강해지자
눈을 밖으로 돌리지 말고
지금 여기에 있는 나한테
나는 항상 나였으니까_!

라고 쓰니 마치 가요대상 삼관왕 정도는 올라본
왕년의 인기절정 댄스가수 같은데
나는 노래방에서도 절대 서서 노래를 불러본 적도 없다.
이상하지 스타는 외로운 것이다.

MH의 일기발췌
−어느 날 친구의 일기 읽다가, 공감하며 10번 읽었다.

역시 사람을 평가하는데 있어서 가장 중요한 것은 시간이다.

오랜 시간이 지나고

편견도 없어지고

가식도 없어지고

그 사람에 대한 나의

지나친 호감이나 비호감마저 사라져 버렸을 때쯤

그제서야 비로서

우리는 그 사람을 알았다고 할 수 있다

처음 만나서부터 시작되는 우리들의 연극이

성공해서 좋은 이미지를 만들건

실패해서 나쁜 이미지를 만들건

좋아할 것도 슬퍼할 것도 없다

시간이 모든 것을 제자리로 되돌려 놓으니까

그 순간에 너무 많은 것을 보여주려고

헛된 말을 남발하지 않아도 좋다

우리에게 시간은 많으니까

어떠한 말로 자신이 어떠한 사람이라는 것을 전달하거나

어떻게 하겠다고 단정짓는 것은

매우 바보 같은 행동이다

사람들은 대부분 자신을 실제보다

낮추는 경향은 없다

대부분 순간적으로 자신의 가치를 높이기 위해

자신의 실제보다

혹은 의지보다

과하게 포장하는 경향이 있고

이는 시간이 지나 그렇게 됐을 경우

겨우 본전이지만

실패했을 경우 비웃음을 사고

별볼일 없는 사람으로 전락하기 때문이다

그래서 말은 줄이고

행동으로 보여줘야 한다

아마도 네가 그런 말만 안 했다면

지금 오랜 시간이 지난

이순간 나에게 그렇게 별볼일 없는 사람으로

혹은 형편 없는 사람으로 인식되지는 않았을 것이다

물론 네가 남발했던

그 많은 지킬 수 없던 말들 중

하나일 뿐이라서

기억조차 할 수 있을지 의문이지만

별 볼일 없는 게다가 부끄러운 줄도 모르는 사람에게

꽤나 많은 기대를 했었던

지난날의 나에 대한 쓴 웃음을 남기며

시작된 2011년의 1월 1일

비버족

절대 특정인의 외모비하의 의도가 없음.

우리주변에는 꼭 한 명씩 "비버같이 생긴 사람"이 있다.

아직 당신이 이런 사람을 못 만났다면 나중에 만나게 될 것이다.

주위를 잘 둘러보면 이런 사람이 반드시 있다.

이들의 특징은 아래와 같다

1. 주로 남자가 많음.(종종 여자 있음.)
2. 비교적 단신.
3. 피부는 검으나 좋은 편.
4. 눈은 옆으로 찢어진 편, 주로 은테안경을 쓴다.
5. 앞니가 나옴. 입은 작다.
6. 허리를 쭉 피고 다니는 데 종종 배가 나온 스타일도 있음.
7. 검은색, 또는 카키색으로 엉덩이를 덮는 스타일의 점퍼를 애용.

   특히 겨울, 모자에 fur가 많은 옷을 선호하며 주머니에 손을 찔러 넣고

   다닌다.
8. 목소리는 얇고 말이 빠른 편.
9. 센스가 있고 말주변이 좋아 친구가 많음.
10. 이상의 특성이 "비버족"들에 해당한다.

친구들과 이야기하다가 모두가 이런 사람을 하나씩 알고 있어서 놀라 죽는 줄
알았다.
혹시 외계인이 보낸 무리들이 아닐까.
그들은 너무 많은 속성을 공유하는 집단인데 너무 광범위하고
일반인들과 거의 차별화되지 않아 우리의 관심을 끌지 못했다.
그러나 이제 자세히 볼 것.

당신의 서류가방

요 며칠 단기로 맡은 일이 있어 여의도에 출퇴근을 하게 되었다.

낮 동안에는 북적대다가도 밤만 되면 방금 쓰나미라도 왔다간 것마냥

스산해지는 그 동네에 있다 보니 밤 늦은 시각 간헐적으로 보이는 직장인들이

미처 대피하지 못한 유령들 같았다.

오늘 아침에는 에스컬레이터를 타고 역을 빠져나가던 중,

내 바로 앞에 선 남자의 서류가방이 눈 정면에 닿았다.

뭐야! 라는 생각으로 물끄러미 가방을 보다가, 모퉁이가 잔뜩 헤어진 그

서류가방을 보니 마음이 아팠다.

수십 년 동안 샐러리맨을 해온 아버지 생각이 난 것이다.

매일 아침 일찍 나가 저녁 늦게나 들어오시고 집에서는 회사생활에 대해 거의

말하지 않으셨지만 그 역시 매일 아침 이러한 서류가방을 메고 이러한 여정을

따라 몇십 년 일터를 오갔던 것이다.

그가 에스컬레이터에 올라와 있던 그 몇십 초 동안 우뚝하게 서서 어떤 생각을

했을지 상상해보았는데 가늠하기도 어려웠다.

왜 어머니가 그토록 아버지 옷, 신발, 가방에 신경 썼는지 그 마음을 조금은

이해할 수 있었다.

큰 것이 아니지만 그에게 약간의 자신감이라도 불어넣어주고 싶었던 마음

아닐까?

그게 또 사랑이다.

어느 날 문득, 모든 게 쉬워 보였다

나이가 들수록 무서워지는 게 없어진다.
원래는 어른이 되면 무서워지는 게 많아지는 법인데
뭔가 거꾸로 된 것 같은 기분도 든다.
앞으로 또 살면서 바뀔 수도 있겠지만….

사는 법이 의외로 간단하다.
어린아이처럼 맑은 눈으로 보고
궁금한 것은 물어보면 되고
쓸데없이 고민하지 않으면 된다.

정직하고 예의 바르게 행동하면서
잘못된 것은 고치면 되고
싫은 건 싫다고 단정하게 말하면 된다.
더 따뜻한 눈빛을 갖도록 노력하고
사람들과 진심으로 말하는 법을 배우고
화가 나면 화가 났다고 말하고 이해를 구하면 된다.
그래도 알아듣지 못하면 기대하지 말아야 한다.

슬프면 슬프다고 말하면 된다.
그리고 지나면 나아진다고 말하면 된다.
실제로 지나면 나아지니까

가끔 감상에 젖어도 되는 것이다.

웃기면 웃으면 된다.
즐거워서 그래요 하고 같이 웃으면 되지
의도하지 않았는데 기분이 나쁘다고 하면
진심으로 사과하면 된다.
사람이 다 나 같지는 않으니까

내가 몇 년 간 얻은 교훈 중 하나는
모든 것은 말로 표현하기 전까지는 알 수 없다는 것이다.
누군가 알아주길 기대하고 떼쓸 게 아니라
말로 소통하고 정공법으로 나가야 한다.
당연히 이 과정에서 예의와 신뢰는 필수다.

나는 모든 행동에 있어서
나를 평가하기만 하면 된다.
뭐가 옳고 그른 것인지는 내 자신의 이성이 잘 알고 있고
나는 정직하게 나를 대면하는 법을 연습해야 한다.
이 단순한 사실들을 알면서 못하는 적도 많았지만
많은 부분은 이제 할 줄 안다.
그러니 아주 잘 컸다.

몸이 너무 크다

이동할 때마다 느끼는 거지만
몸은 너무 크다.
공부하러 갈 때 필요한 것은
내 머리 속의 맑은 정신 하나인데
이게 밖으로 나오지 못해서
이 거대한 몸을 끌고 도서관을 가야 한다.
아주 거추장스럽다.
오늘은 몸이 필요 없는데….

여섯 명의 안영들

할 것이 너무 많아서 엄두가 안나
인터넷서핑을 하던 중
오늘은 미니홈피에 내 또래, 내 이름을 가진 여자들을 검색해보았다.

총 6명의 안영이 나온다.

첫 번째 안영은 프로필이 건방지다.
귀여운 셀카와 함께 "너보다 괜찮은 여자"라는 공격적인 글을 썼다.
첫 번째 안영의 취미는 셀프 카메라인 것 같다.
온통 셀카로 도배했는데 포토샵이 지나치다.
분홍색 스킨으로 봐서 애교 있는 아가씨인 것 같다.

두 번째 안영은 결혼해서 애가 있다.
내가 몇 년 전 검색했을 때만해도 분명 미혼이었던 것 같은데 벌써 애가 있다.
이불에 애가 엎드려서 자고 있는 사진을 올려놓고
행복해 보인다.
부러워서 대충 둘러보고 껐다.

세 번째 안영도 결혼했다.

아직 애는 없는 것 같고 얼마 전 결혼한 것 같다.

신혼여행사진 폴더를 보니 제주도와 안동을 다녀왔다.

복스럽게 생겼고

남편이 고기를 잘 굽게 생겼다.

조만간 애 사진도 올라올 지 봐야겠다.

네 번째 안영은 셀카를 올리고 싶은데

자신감이 부족한 것 같았다.

눈 사진 코 사진 입술사진을 따로따로

절묘하게 올려서 가늠할 수 없었다.

약간의 세피아 처리와 동시에 우울한 시 같은 것을 잔뜩 써놓고 있어서

안쓰러웠다.

다섯 번째 안영은 2009년에 대학을 졸업했다.

학사모를 쓰고 펄쩍 뛰는 사진 한 장이 있다.

밑에는 여자들이 주렁주렁 예뻐요 언니!

라고 달았다.

별로 흥미가 없었다.

여섯 번째 안영은 OO여대 문헌정보학과를 나왔다.

학교에 애착이 엄청나서인지

여기저기 전부 학교사진이다.

벚꽃이 피는 학교

축제날의 학교

학교 앞 분수

햇살비치는 학교

총장님이 알면 기특해서 어쩔 줄을 모를 것이다.

게다가 메인 화면에

아주 정직한 셀카를 올렸다.

"지금부터 저는 셀카를 올리겠습니다."

라는 비장한 표정이다.

각오를 단단히 한 것 같다.

역시나 이런 미니홈피에는 댓글이라고는 없다.

나는 검색되지 않는다. 좀 치사한 것 같지만,

오래 전에 검색이 안 되게 막았다.

우리 6명의 안영들 앞으로도 잘 살길 바란다.

파이팅!

다른 세상으로 가보고 싶어서

나는 최근에 들어 아주 지나치기 쉽지만 결코 그냥 묵과할 수 없는 아주
중요한 것을 알아챘다.
내가 거주하는 아파트 엘리베이터는 좌우로 거울이 달려있다.
나는 어느 날 문득,

왼쪽 얼굴에 비친 내 모습 뒤로 반사된 뒤 거울에 비친 수많은 나의 뒷모습을
보았다.
수많은 나의 뒷모습을 본다는 것은 아주 기이한 기분이었다.

순간, 지금 이 거울에 비친 수많은 나의 뒷모습이
나의 뒷모습이 아니라 사실 내 뒤로 펼쳐진 4차원 세계 속에 존재하는
또 다른 나 자신의 모습들이 아닐까? 라는 생각이 스친 것이다.
나는 재빨리 고개를 뒤로 돌렸으나 엘리베이터에는 나밖에 없고,
오른쪽 거울에 비친 것은 다시 나의 앞 얼굴, 그 뒤로는 다시 수없이 비치는
나의 뒷모습들.

나는 혹시 존재할지도 모르는 엘리베이터 안의 사차원 세계 속에 나 자신을
보기 위해 고개를 다시 재빠르게 돌렸지만 허사였다.
나는 거울의 속도보다 빠르게 고개를 돌리지 못했기 때문이라는 생각이 들었다.
만약, 내가 지금 오른쪽 거울을 보고 있다가 아주 빠르게!
거울 속에 내가 왼쪽으로 고개를 돌리기 채 이전에 더 빠르게
고개를 돌려서 왼쪽에 비친 내 자신의 뒷모습을 먼저 따라잡을 수 있다면!!
그 뒤로 펼쳐졌던 인간들의 정체를 밝혀낼 수 있지 않을까?

당신은,
좌측 거울에 비친 수많은 나의 뒷모습들이 나 자신이라고 단정지을 수 있는가?
아마 그 중에 한 명 정도는 다른 표정을 짓고 있지 않을까?
그 각각의 뒷모습들은 사실 머리모양만 같은 다른 사람일지도 모른다.
나는 정말 그런 생각이 들었다.
그래서 고개를 빠르게 돌리는 법을 연습하고 있다.
그래서 늘 엘리베이터를 혼자 탄다.
모든 것은 열려있다.
어쩌면 내가 살고 있는 이 세상이 결코 유일하지 않을 거야.

달리기를 말하고 싶을 때 내가 하고 싶은 이야기

무라카미 하루키
작가(그리고 러너)
1949-20**
적어도 끝까지 걷지는 않았다.

하루키가 적고 싶은 그의 마지막 묘비명이다.
이 책을 읽으면서 많은 변화가 있었다.
무엇보다 틀과 규칙 같은 것을 허식으로만 여겼던 것이
내 눈에 바보 같고 무용해 보이고
지나면 다시 해야 하는 그런 규칙들이
왜 인간에게 필요하고 어떤 나이 이상이 되면 형성되어야 하는지.
긴 인생에서 자기가 만든 규칙을 갖고
거기에 충실하며 사는 삶이 어떤 의미를 갖는지
이 책을 보고 깨달을 수 있었다.

그의 규칙은 일주일에 여섯 번 착실히 뛰는 것이고
천천히 뛸지언정 걷지 않는 것이다.
옵션의 규칙은 마라톤을 즐기는 것이다.
그 규칙을 갖고 그는 소설가가 된 이래 사반세기를 뛰면서 살았다.
매년 마라톤 대회에 출전하고 일년에 한번은 풀 코스 대회를 나간다.
사람들은 뛰면서 무슨 생각을 하냐고 묻지만
사실 그는 아무 생각을 하지 않는다고 한다.

책을 읽는 내내 그의 묘사는
오히려 평범한 건강법을 말하듯 기계적이고 건조하다.
하지만 그게 마라톤의 본질이기 때문인지
지루하다기 보다는 읽는 내내 달리고 싶어졌다.
그 반복적인 뛰는 행위가 하루키에게는 규칙과 약속 같은 것
의지적이고 즐거운 것, 고통스럽지만 해야 하는 것
누가 시켜서 하는 것은 아니지만 언제나 만족스러워서 하는 것이 아닌 것.

어쩌면 소설가로서 살기 위해 그는 자기를 그렇게
강하게 단련해야 할 필요가 있었는지도 모른다.
누군가 던져놓은, 시키는 일을 하며 사는 것이 아니라
자기가 자기의 삶을 건강하게 운영하기 위해서는
달린다는 것이 꼭 필요한 행위가 아니었을까.

개인사 공개를 극도로 꺼리는 그가
소설가로서의 삶을 달린다는 행위를 축으로 삼아 전개한
최초, 그리고 최후의 회고록인 만큼 가치가 있다고 한다.
뿐만 아니라, 나 같은 운동기피자에게조차
달리고 싶다는 욕망을 강하게 끌어올렸다.
아주 성공적이다.
─하지만 하루키는 누군가에게 달리자고 하는 것을 좋아하지 않는다.
그의 표현에 의하면, 달릴 사람은 언제든 달리게 되기 때문에
운동을 강요하고 싶지 않다는 것─

하지만, 나는 달리고 싶어졌다.

그래서 작은 도전을 해보고자 한다.

+

이 책은 내 절친한 친구 최 양에게서 선물 받았다.

앞 페이지에는 "건강한 인생을 위하여!" 라는 글귀를 써주었다.

내 생일선물로 받은 것인데 2달이나 지나 읽게 되었다.

작년 그녀가 한국에 있을 때 마라톤을 나갔다 왔다고 하면

"아 그래? 대단하네" 라고 말할 뿐이었는데,

그때 그녀의 자긍심에 가득 찬 표정을 좀 더 자세히 볼 걸 그랬다.

언제나처럼 한참 지나고 나서야 나를 깨닫게 하는구나.

고맙다.

터틀넥 스웨터

내게는 터틀넥 스웨터가 하나 있다.
꽈베기 무늬의 아이보리색이고 길이는 길고 두꺼워서 옷 자체는 예쁘지만
입으면 자칫 굴러다니는 굼뜬 양처럼 보일 위험이 있다.

문제는 이 옷이 두꺼워서 입기가 매우 힘들다는 것인데,
나는 이 옷을 입을 때마다 한참 동안을 터틀넥 스웨터 안에서 허우적거려야 한다.
일단 이 옷을 머리위로 넣고 허우적거리면서 좁은 목 부분을 찾은 다음에
이 목을 벌려서 내 머리를 넣기까지 상당한 시간과 에너지가 소모된다.

그래서 나는 종종 이 옷을 입고 허우적거리면서

이 옷을 입는 동안 누가 날 때리고 도망가지는 않을까
이 옷을 통과하고 나면 다른 세상이 펼쳐져 있지는 않을까
내가 살아서 이 옷을 빠져나갈 수 있을까
이렇게까지 이 옷을 입어야 하는 것일까
하는 생각이 든다.

가장 두려울 때는 터틀넥 스웨터 속에서 바둥거리고 있는 동안에
전쟁이 난다거나
기절을 한다거나
불이 난다거나
강도가 든다거나
그런 불안이 엄습할 때다.

이 얘기를 하자 동생이, "밑으로 나와서 벗으면 되잖아, 멍청아!"
아, 그렇군.

다음 생에는

다른 사람들을 좀더 신경 쓰고 따뜻한 사람이 되고 싶어서

이런 것조차 의식적으로 연습하는 내가 너무 싫다.

다음 생에서는 남미에서 요리를 잘하고 오지랖이 넓고

아이가 8명 정도되면서 가슴이 큰

브렌다 곤잘레스 수와레즈 같은 사람으로 태어나고 싶다.

어른이 된다는 것

의 선택 하나하나에 책임이 따른다는 것이다.
새삼 이 당연하게 여겨왔던 것을 중요하게 느끼는 중이다.

누군가의 강요를 따른 것도 선택이었고
-그 누군가가 목에 칼을 대고 위협하지 않은 이상.
선택하지 않은 것조차도 선택의 하나다.

그리고 그 선택의 순간에서,
인간은 자유로울 수 있지만
나 같은 사람은 아주 큰 용기를 내야 한다.

내 스스로 선택을 한다는 것은 이제
내가 있던 곳에서 조금씩 발을 빼서, 내가 막연하게 보기만 했던
어른들의 세계에 조금씩 발을 담그는 작업이다.

굳은 얼굴로 태연한 척하고 있지만 사실은
내 안에서 작은 아이가 겁을 내면서 부들부들 떨고 있는데

다들 마찬가지로 쫄아 있으면서 누구 하나 먼저
-댁도 떨리죠? 저도 사실 엄청 무서워요
라고 말해주지도 않는다.

마치 자기들은 어릴 때부터 "어른이라면 이렇게 하는 거야!"
라는 걸 자동적으로 알고나 있었던 것처럼.

왜 나는 몰입이 안 되고 늘 바라보고 생각하고 있을까?
나만 그런 걸까
늘 나는 사람들의 3자처럼 느껴진다.
몰입해야 할 순간에도 왜 비판하고 있는 것일까
멋없는 사람처럼!

주사를 맞을까 말까?

우리동네 의사선생님은 좀 특이하다.

최근 또 감기로 병원을 찾았는데 갈 때마다 느끼지만 처방을 나의

의사(意思)에 맡기신다.

심한 감기라고 생각해서 주사 당연히 맞을 거라고 생각했는데

의외로 약 이틀 치만 처방해 주시길래 좀 이상했지만

그냥 가려고 했다. 갑자기 근데 부르시더니

-주사 맞고 갈래요?

라고 물었다. 이게 처음이 아니었다.

마치 "디저트는 뭐로 하실래요?" 라고 묻는 웨이터 같은 말투였다.

이런 질문을 받으면 나로서는 당황스럽다.

맘 같아선

-그걸 왜 저한테 물으세요? 라고 하고 싶지만 좀 건방져 보이는 거 같기도 하고

쉽게 -네-라고 하자니 진작부터 주사 맞을 생각이었는데 당신의 처방이 맘에

안 들었다는

표시로 보일까 봐 좀 조심스러웠다.

-아니요-라고 하기에는 내가 좀 몸이 많이 안 좋은 거 같은데

의사선생님과 이런 고민까지 허심탄회 얘기하기에는 아직 벽이 좀 있다.

특히 그런 이유가 이분이 좀 까다로운 분이라

동네사람들의 증언에 의하면 이분은 환자가 증상을 말할 때 병을 짐작하면서 말하면

불쾌한 표정을 짓는다는 소문이 있다.

예를 들어 −어제 뭘 잘못 먹어서 체했나 봐요.

라고 한다면

−그건 제가 확인할 일이죠.

라는 식이다.

그래서 나도 이분을 대할 때 좀 조심스러웠던 것이다.

특히 주사를 맞을래요 안 맞을래요? 라고 묻는 질문에 대해서 그렇다.

아무튼 난 좀 고민하다가

−맞으면 좋을 거 같아요−

라는 소심한 대답을 했다.

마치 "노란 블라우스가 맘에 들어요" 라는 식이다.

미소를 지으면서 "주사실로 가시죠"

라고 말씀 하시길래 나는 안도했다.

의사선생님의 자존심을 지켜드려야 하면서 주사를 맞아야 했던 나로서는

꽤 성공적인 하루였다.

DAY DREAM

하루키의 말처럼 계속 뛰는 연습을 하다 보니
몸의 근육이 달리기에 최적화가 되고 있는 것 같다.
첫날은 너무 숨이 찼는데
오늘은 몸이 훨씬 가벼워졌다.
자세도 안정적이고 숨도 덜 가쁘고
몸 속에 리듬감이 생긴 것 같았다.
하루키가 책에서 소개한 러빙 스푼풀의 음악을 들었다.
처음에는 느려서 별로였는데
장거리 달리기에 어울리는 박자라는 생각이 들었다.
어딘지 몽환적이기도 하고,
왠지 이 음악을 들으며 평화롭게 조깅을 하다가
골목에서 소리 없이 칼부림을 당하고 죽어가는 일본영화의 고요한 잔혹성이
떠올랐다.
하지만 다행히 오늘도 무사히 집에 들어왔다.

+ 인터넷에서 공연 영상을 찾아봤다.
카메라가 비출 때 어색한 표정이 남아있는 러빙 스푼풀 멤버들의 모습이
신선하다.
그 시대는 아직 라디오 스타들의 시대였으니까
오늘날 연예인은 카메라를 부끄러워하지 않는다.

키에르 케고르

키에르 케고르

그는 스칸디나비아 반도의

어두운 하늘아래서 자란 소아마비 장애를

가진 실존주의 철학자다.

그가 남미의 아보카도 공장 대지주인

곤잘레스의 막내아들로 태어나

햇빛에 그을린 건강한 젊은이였다면

실존에 관심이 있었을까?

우리는 종종 어떤 사람의 성품과 특성을 칭찬하고 비난한다.

그 사람의 사고방식과 세상을 대하는 태도에 대해서도 많은 평가를 내린다.

그런데 사실 그 사람이 키워오고 만들어온 자신의 내면이

사실은 많은 부분 주변 환경에 의존하는 것이었고, 그는 살면서 그런 내면과 태도를

바꿀만한 기회가 전혀 주어지지 않았다면?

동생과 채팅

한 지붕 밑에서 동생과 채팅을 할 때 기분이 아주 묘하다.
요 며칠 기분이 심하게 가라앉은 채로 과제를 하는데,
동생이 메신저로 말을 걸어 팝업 창이 떴다.
"뭐해."
바로 방문을 열고 나가면 동생이 컴퓨터 책상 앞에 다리를 쩍 벌리고 앉아있을 텐데
얼굴보고 말 하기 뭐한 내 고민들을 채팅 창에서 털어놓으니 감회가 새로웠다.
뭐 하나 말하면 듣는 둥 마는 둥 하는 아이라 분명 드라마 다운받아 보면서
대강 읽고 있겠지
라는 심정이었는데, 의외로
동생이 아주 좋은 조언을 해주었다.
조언을 듣고 있자니 대견하기도 하지만, 마음이 많이 아팠다.

내가 누나인데 넋두리를 늘어놓다니!
들으면서 얼마나 마음이 아팠을까.

얘가 이런 생각도 하나?
얘가 이런 말도 할 줄 아나?
얘가 이런 경험도 했었나?

나보다 훨씬 중요한 것들로 고민하고 있어서

내가 털어놓는 수다가 민망해졌다.

하지만 내색하지 않고 아주 많이 진심으로 조언을 해주었다.

맨날 나를 놀리기만 했는데, 사실은 많이 걱정하고 있었구나.

모든 일의 돌파구는 가족이 갖고 있다.

오래 침전되어서 답도 안 나오는 넋두리만 늘어놓고 있다가도

가족 앞에서는 거기서 빠져 나와 다시 나아갈 원동력을 얻게 되는 것이다.

내가 가라앉아있을 때 마음 아플 사람들이기 때문에

감사한 일이다.

동생아 고마워.

마라톤 완주

10 km 완주였는데 줄을 잘못 서서 하프코스 메달을 받아버렸다

아무튼 뭐든지 일단 해보면 그렇게 어렵지는 않다.

달리기를 죽기보다 싫어했는데

-횡단보도가 깜박거려도 안 뛰고

버스랑 지하철이 와도 안 뛰고

비가 와도 안 뛰는 스타일.

이번 도전은 나에게 보여주기 위한 것이었다.

늘 뭔가 잘한다는 칭찬에 익숙하고 인정받으려고 노력했던 나였지만

대학에 들어와 이런 저런 도전에서는 여러 번 패배감을 맛봤었다.

그때마다 다시 나를 일으켜 세우는 과정은 많이 어려웠다.

패배가 늘어날수록 일어나는 과정은 더 어렵고 더 오랜 시간이 걸렸다.

나에게 하는 격려가 합리화처럼 느껴지고

어쩌면 사실 나는 도전할 수 있는 재목이 안 된다는 어렴풋한 비웃음도 있었다.

그래서 이번 마라톤은 오직 나를 위해서였다.

나도 사실은 잘 할 수 있다고,

나도 사실은 목표를 세우고 달리는 과정을 즐겨본 적이 있던 사람이었고

다시 할 수 있다고

나한테 증명해주기 위해서

나는 꼭 해야만 했다.

그냥 꼭 해야만 했다.

그래서 아주 의미가 깊었고, 앞으로 지치는 날에 이 날을 기억하며 웃을 수 있다.

바다
－한 해를 정리하며.

지난 해에 나는 부레옥잠이었다.
고민이 뭐니? 라고 묻는 사람에게는 항상
"제 자신이 부레옥잠 같은 게 고민이에요"
라고 말하곤 했다.
뿌리 없이 떠다니고 바람만 잔뜩 든 상태였다.
텅 비어 있었다.

올 한해 나는 바다였다.

잔잔한 해수면 밑으로는 엄청나게 많은 마음의 동요가 있었다.
그 밑에서 상어가 물고기를 잡아먹고
멸치들이 수천만 알들을 낳았고
해초들이 엉키고 설키고
누군가 빠져 죽는가 하면
게들이 왔다갔다 하고
불가사리가 기어 다니고
조개가 입을 벌렸다 닫았다가
돌고래가 숨쉬러 뛰었다가 가라앉고

유조선이 한두 번 난파되어서 기름으로 오염되기도 하고
뜨거워졌다가 차가워졌다가
죽은 물고기들이 부유하고 돌아다니고
연어 떼가 한번쯤 바다에 왔었고
그래도 파도는 많이 치지 않아서
대외적으로는 얌전하게 지냈다.

오늘 하루도
햇살은 쨍쨍 일상은 평화롭고
하루는 고요하고 모두가 다정한 인사를 건네며
나 또한 고분고분 말 하고 내일 봐요! 한 다음
집에 왔다.

하지만 바닷속은 아무도 모르는 것이다.

한글이 모든 음을 표기할 수 있다는
식의 주장은 곤란하다

초등학교 때 담임선생님이 한글로는 모든 음을 표기할 수 있다고 주장하는
바람에 나는 화가 났었다. 내가 그때 영어를 잘 배운 아이였다면 f, th, z발음
등을 예로 들며
반박했을 테지만 나는 그때 나름대로 생각해 낸 것이

니으 발음이었다.
니어는 "녀"
니오는 "뇨"
　니우는 "뉴"로 표현할 수 있듯이
니으를 나타내는 음이 있어야 하는데 우리는 그것을 아무리 노력해도
"느"이상으로 표기할 수가 없다.

니으를 한번에 발음한 느와, 그냥 느는 분명히 다른 소리가 나는데도
우리는 그러한 사실을 외면하고 있는 것이다.
나는 그때 "선생님! 니으는 (발음은 한 글자발음으로 했음.) 한글로
못쓰잖아요!"
했는데 선생님께서는 "느"를 쓰시고는 "봐, 쓸 수 있잖아."
라며 단칼에 말씀하셨다.

분명히 나는 니으라고 발음을 했는데 선생님은 인정하지 않은 것이 분명했다.
나는 " 니으랑 느는 분명 달라요"라고 말했어야 했는데
반 아이들 앞에서 니으발음을 바보처럼 계속 할 수는 없어서, 또 선생님의
대응이 너무 단호해서 수긍하는 척했다.

하지만 아직도 드는 생각이, 왜 니으에 대해서는 왜 아무도 생각하지 않을까?

그런 책 다 태워버려

힘 빠졌던 최근에, 친구와 카페에 앉아 이야기를 하다가
또 혼자 멍하니 생각에 잠겨 있었다.
친구는 내 가방을 뒤적거리더니 어떤 책을 발견하고는—제목은 비밀에 부친다.
냉랭한 표정으로 말했다.
이런 책 다 태워버려, 진지하게 생각하지마!
가볍게 좀 생각하라니까! 혼자 있지 말고 밖으로 나와!
큰 소리에 놀랐지만
그런 책 다 태워버리라니, 너무 재미있어서 한참 웃었다.

올 해의 행동강령

1. 넓은 아량을 갖고 스케일이 크게 살 것

2. 만나는 모든 사람들에게 성의를 다할 것

3. 따뜻한 눈빛을 가질 것

4. 많이 웃을 것

5. 재치를 잃지 않되 비방하지 말 것

6. 미운 사람을 대인배처럼 포용해줄 것

7. 군중 속에서도 고독한 정신을 갖고 있을 것.

8. 한번쯤은 뻔히 보이는 거짓말을 눈감아 줄 것.(그리고 눈감아준 거라고

소문내지 말 것)

9. 정의롭게 살 것

10. DIGNITY를 잃지 말 것

11. 더 많은 것에 감동할 것

12. 사랑할 것

10배의 부침

어떤 날은 가만히 앉아서 이런 저런 생각에 혼자 잠겨 괴로워하는 나를 볼
때마다
이 쓸데 없는 감수성만 아니었다면 내가 지금 훨씬 행복하지 않을까라는
생각을 물론 한다.
어떤 것에 깊은 의미를 부여하고 해석하며 특별한 것으로 만드는 나의 특성이
한편으로는 내 장점이기도 하지만 한번 침전되면 꽤 오랫동안 나를 갉아먹는
것도 잘 안다.
하지만
다른 사람이 1만큼 고민하는 것을 10만큼 걱정하는 만큼
다른 사람이 1만큼 기뻐할 일을 10만큼 기뻐할 수 있다는 것도
10배로 슬프고 10배로 화나는 만큼 10배로 행복하고 10배로 환호할 수 있다는
것도 알고 있다.
한해 나이 한 살 더 먹은 일이 쓸쓸하지만 이 감수성이 무뎌질 일이 좀처럼
없을 것 같으니
내 마음과 감성이 아직 젊고 파릇파릇하다는 것에 감사하며
앞으로도 눈을 크게 뜨고, 귀를 크게 열고, 두 팔도 활짝 벌리고 많이 보고,
사랑하고 끌어안아
야지 라고 다짐한다.

호랑이 기운이 솟아요

내가 가장 좋아하는 음식 중 하나는 콘 푸레이크인가 후레이크이다.
그것도 설탕이 조금 가미된 것이 맛있는데, 나는 지금 못 견디게 괴로운데
그 이유가 바로 그 콘 푸레이크인가 후레이크를 다 먹었기 때문이다.
처음엔 우유와 시리얼을 넣는다. 약 2분 뒤면 다 먹는데
주로 시리얼을 퍼먹으므로 자연히 우유가 조금 남게 마련이다.
그럼 시리얼을 다 먹고 남아있는 맹 우유를 마시기가 왠지 밋밋하게 느껴진다.
그래서 시리얼을 조금 넣어서 잉여우유를 활용한다.
그러나 그렇게 2라운드를 시작하다 보면 자연히 이번엔 시리얼이 남게 된다.
그럼 건조한 시리얼을 퍼먹다 보면 이번엔 우유를 좀더 넣어 잉여 시리얼을
활용해야겠다는 생각이 든다. 그렇게 먹고 나면 또 자연히
이번엔 우유가 남는다. 시리얼을 넣는다.
이번엔 시리얼이 남는다. 우유를 넣는다.
이번엔 우유가 남는다. 시리얼을 넣는다.
이번엔 시리얼이 남는다. 우유를 넣는다.
이번엔 우유가 남는다. 시리얼을 넣는다.
이번엔 시리얼이 남는다. 우유를 넣는다.
이번엔 우유가 남는다. 시리얼을 넣는다.
이번엔 시리얼이 남는다. 우유를 넣는다.
이번엔 우유가 남는다. 시리얼을 넣는다.
이번엔 시리얼이 남는다. 우유를 넣는다.
이번엔 우유가 남는다. 시리얼을 넣는다.

이번엔 시리얼이 남는다. 우유를 넣는다.
이번엔 우유가 남는다. 시리얼을 넣는다.
이번엔 시리얼이 남는다. 우유를 넣는다.
이번엔 우유가 남는다. 시리얼을 넣는다.
이번엔 시리얼이 남는다. 우유를 넣는다.
이번엔 우유가 남는다. 시리얼을 넣는다.
이번엔 시리얼이 남는다. 우유를 넣는다.

-이상. 시리얼 한 통을 한번에 해치우는 방법.

새해에 운동하자!

날이 엄청나게 추워서 한강 산책 같은 것은 이제 못나갈 것 같다.
동생 데리고 이제 헬스클럽에 다니기로 했다.

지난 해 연초에는 학창시절 봤던 "바람의 검심"이 생각나서
큰 마음먹고 검도장에 등록했었다.
당시에 도복+죽도+호구까지 사십 만원 정도는 깨졌던 것 같다.
신나서 다니다가 빠른 머리 단계로 넘어가면서는
힘에 부쳐서 연습을 게을리하고
사범님의 불호령이 무서워서 점차 멀리했다.

그 이후 사범님이 종종 전화하셔서
다시 검도장을 나오라고 부드럽게 회유하셨지만
나는 아직도 그 눈빛을 잊을 수가 없어서 영원히 못 갈 것 같다.
지금 그 검도장에 있는 내 도복과 장비는
비슷한 체격의 어떤 여자가 공짜로 쓰고 있다고 친구가 말해줬다.

그리고 여름에 시작했던 헬스장은 학교 근처에 있었는데
내 몸 상태가 샅샅이 드러나는 인바디 검사결과
생각보다 기초대사량이 높고(1400K cal)
몸무게도 적게 나가고(?)
체지방도 아주 적고 근육량이 많았기 때문에

오만해져서 금방 안 나가게 되었다.

특히 기초대사량이 천 정도밖에 안 되는 것 같다고 자괴감에 빠졌었는데
1400인 것을 확인한 날은 조부모님이 나 몰래 숨겨놓은
400평 정도의 논마지기를 찾은 것마냥 공돈 생긴 기분이었다.
하루에 400칼로리 정도는 더 먹을 수 있는 여유가 생긴 것이었으니까!

비가 오나 눈이 오나 헬스장에서 트는 음악은 죄다 오래된 코요테 노래였는데
그것도 아주 듣기 싫었다.
게다가 당시 트레이너는 모 아니면 도의 성격이라서
자기의 프로그램대로 하드트레이닝을 시키거나
혹은 완전히 방임하는 스타일이었다.
하드트레이닝을 하는 어떤 여자를 봤는데
남들 런닝 머신하는 사이 공간에서 바닥에 누워
이등병처럼 구르기 훈련을 하는 바람에
나를 경악시켰다.

그래서 나는 트레이너와 거리를 두고 나만의 근력운동 프로그램을 만들었었는데
수영복 같은 것을 입고 운동하는 남자들 때문에 민망해서
근력기구 근처도 못 가고 자전거나 타다 집에 오기 일쑤였다.
그래서 그 헬스장도 이주 정도 나가다가 그만뒀는데
삼 개월 치 끊어버린 바람에 돈은 돈대로 날리고
라커에는 아직도 내 운동화가 잠자고 있다.
그걸 버렸는지 팔았는지 먹었는지 이미 내 소관이 아니다.

하지만 이번에 동생을 데리고 다니면, 책임감도 생기고 좀 더 열심히 하게
되지 않을까 해서
다시 한 번 운동에 도전하기로 했다.
새해에는 뭔가 도전할 것이 있어야 한다.
비록 몇 번의 실패가 있었지만 또 도전하고 또 도전하고 또 하면 된다.
이미 그 마음만으로도 좋은 시작이니까 나 자신을 응원해줘야지.
파이팅!

쏘 리

외국생활을 좀 하다 온 사람들이 한국에 와서 많이 불평하는 것 중의 하나가
한국에서는 거리에서 치고 지나가도 좀처럼 사과를 하지 않는다는 것이다.
나도 한동안 해외에 있다가 한국에 왔을 때는
어쩌면 저래! 하면서 이를 갈았었는데
지나고 보면 그럴 법도 하다는 생각이 든다. 가령 지나가다가 붐비는 길에서
누군가의 어깨를 실수로 쳤다고 하자. 우리는 "쏘리"라는 간단하고도
통상적인 말이 없기 때문에
나는순간 미안하다는 표시로 간단히 목례를 하고 지나가게 된다.
"죄송합니다"–어깨 한번 친 게 죄송까지 말할 일은 아니고,
"미안합니다"–미안합니다 라는 말은 보통 어색한 어감 때문에 잘 쓰이지
않는다.
"미안해요"–친한 사이가 아니기에 해요체는 역시 어색하다.
"미안"–처음 보는 사람에게 반말을 할 수는 없으니.
"죄송"–장난하나?
그래도 그나마 '죄송합니다' 와 '미안합니다' 가 가장 그럴 듯한데,
이것은 사실 너무 길다. 혼잡한 길거리에서 어깨를 치고 '죄송합니다' 를
말하는 데까지
"쏘리"라고 하는 것보다 3~4배의 시간이 걸린다.

그리고 쏘리는 영어발음이기 때문에 짧게 흘리면서 말하고 지나갈 수 있지만
비교적 발음이 분명해야 할 우리말 단어 '죄송합니다'를 영어발음처럼
-제엉하이다- 이런 식으로 흘리고 지나갈 수도 없는 것이다.
그리고 우리나라의 문화적 관습상 '죄송합니다'라는 말을 할 때는
바른 자세로 예의 바르게 해야 한다.
"쏘리"처럼 상대방을 가볍게 쳐다보고 한마디 흘리고 지나갈 만한 무게의
단어가 아니라는 뜻이다.
모르는 불특정 다수에게 저지른 사소한 실수에 대해
우리는 마땅히 무슨 말을 해야 할지 몰라 어색한 웃음이나 표정으로
때우는 일이 불가피하다.
바야흐로 21세기,
글로벌 사회에서 "쏘리"라는 말을 대신할 국어가 없다는 사실이 나를 슬프게
한다.

화 내는 법

사람들은 내가 화를 잘 내지 않는다고 성격이 아주 좋다고 말한다.

나는 어느 정도 화가 나는 일은 웃으며 넘기는 일이고

아주 화가 나는 일에는 오히려 어떻게 해야 할지를 몰라 당혹스러워진다.

지금 내가 누군가에게 아주 화가 났다고 하자.

그와의 관계를 그만 둘 것인가?

그게 아니라면 어떻게 할 것인가?

관계를 계속 이어나갈 것이라면,

그를 때릴 수도, 욕을 할 수도, 물건을 집어 던질 수도 없다.

그렇게 해서 내 기분이 나아지지도 않고, 오히려 나중에 나를 더 부끄럽게 할

것 같다.

그렇다면 내가 할 수 있는 최선의 방법은,

상대방에게 침착하게 "내가 지금 화남"을 이성적으로 알리고

다시는 이런 일이 발생하지 않도록 이해를 구하고 그의 다짐을 얻어야 한다.

이 과정은 마치 고등학교 수학문제를 푸는 것처럼 정해져 있다.

나는 내 끓어오르는 화와 먹먹함은 안에서 통제해버리고

문서를 출력하는 프린트처럼 정제된 결과를 상대방에게 보여준다.

지금, 이 상황에 대해 내 입장은 다음과 같습니다 라고.

당신에게 화가 났고 당신이 나와 잘 관계하고 싶다면 이 부분을 고치셔야
합니다.

그렇지 않으면 나는 자꾸 또 화가 날 것이고 결국에는 관계를 끊지 않고는
참지 못할 것입니다.

라고.

이런 내 나름의 문제해결절차가 있다 보니, 내가 화낸 적이 언제였는가가
까마득하다.

화내는 법을 까먹었다.

앞에서 잠자는 법도 까먹었다고 했는데

사실 내가 할 줄 아는 것이 그다지 많지 않다는 것을 느낀다.

화 어떻게 내더라?

이 문장을 쓰면서도 '화, 내는 게 좋을까?' 라고 자문하는 내 자신을 발견한다.

가끔 이렇게 징그럽게 이성적일 때, 내가 밉다.

싸우지 말자

싸우는 것 정말 싫다.

누구에게 이기려고 기를 쓰는 것도 싫다.

고등학교 내내 누구를 이기고 점수를 올리는 것에 집착했었는데

어느 순간부터 그런 게 싫어졌다.

정확한 계기는 모르겠지만,

이제 월드컵 경기를 보면서도 "왜 다들 이기려고 하지? 우린 같은

세계인인데!"

라는 생각에 머리를 갸웃거리게 되고

간단한 게임을 하더라도 "이겨서 뭐해?"라는 물음을 갖게 된다.

나랑 뭔가 내기를 하는 사람들은 매번 맥이 풀린다.

나랑 뭔가를 응원하는 사람들은 재미없어한다.

하지만 정말 그런 걸, 왜 우리는 꼭 이기려고 해야 해?

이런 사고의 연장인지 모르겠지만 사람관계에서, 특히 남녀관계에서

떠보는 듯한 말들도 견디지 못한다.

왜 나를 평가하고 알아보려고 할까? 나는 뭐든지 대답할 준비가 되어 있는데,

나는 진심으로 말할 준비가 되어 있는데,

정직하게 바라볼 준비가 되어 있는데,

나를 믿고 왜 기대지 못하지?

어떤 사람들은 내가 마음이 닫혀있어서 관계가 어려울 것이라고 걱정하지만

사실 나는 오히려 아주 많이 열려있는데.

나를 시험하지 말고, 궁금한 것은 물어봐

나를 떠보지 말고, 당신 입장을 말해봐

그럼 나도 아주 성의껏 다가갈 거야!

어렵다.

어느 날 내가 튀어나왔다

내 가장 오래된 기억은 다섯 살 때쯤 살았던 아파트,

집안이 아주 조용하고 내가 그 조용한 오후에 갈색 톤의 집안 풍경을 바라보고

있었다.

그리고 그날 이후 나는 사물을 보고 머리 속에 넣고 기억하고 생각하기

시작했다.

엄마에게 "응"이라고 말하고

'싫은데' 라고 생각하기도 했다.

놀이터에 남자애들을 보며 '쟤랑 친해지고 싶다' 라는 마음도 먹었다.

미워하는 친구를 따돌리려고

'쟤가 이렇게 할 때 나는 이렇게 해야지' 라는 작전 같은 것도 짜기 시작했다.

아빠한테 혼난 날,

'이렇게 하면 날 불쌍하게 생각하시겠지'

라고 방바닥에서 울다 지쳐 잠든 포즈를 취하기도 했다.

10살을 훌쩍 넘길 때까지 나는 이런 생각을 나만 할 수 있는 줄 알았다.

'나는 내 마음속에서 다르게 말하는 법을 알지롱!'

이라는 우월감을 갖고 이 세상에서 나만이 특별하게 갖고 있는 능력이라고
여겼다.

그래서 친구들이 우스웠고(그 애들은 이렇게 생각하는 사람이 있다는 것조차
모를 테니까!)

맘만 먹으면 언제든 어른들을 속일 수 있다고 믿었다.

항상 존재했겠지만 어떻게 깨고 나오는 법을 모르고 있던 내 안의 자아가
나왔던 그날부터,

나는 이 거대한 몸뚱아리 안에 자기를 의식하는 인간 하나를 책임지고 살게
되었다.

어릴 때는 이게 내 짐이 되고, 굴레가 되고, 동력이 될 줄 몰랐다.

그냥 그 자체가 너무 신기해서 나는 감탄하고 자만할 수 있었다.

이 인간이 때로는 나를 속 썩이고, 완전히 통제불능이 되기도 한다는 것을
그때는 상상도 못했다.

클릭 하나만 하면

친구와 메신저로 오랜만에 긴 수다를 떨다가
서로의 전 남자친구 이야기가 나오고
공교롭게도 메신저 접속자 목록에는 그 남자친구들이 접속해 있었다.
지금쯤은 그들도 각자의 친구들과 대화 창을 띄우고 그들의 이야기를 하고
살고 있겠지.
갑자기 문득 그 둘을 채팅 창에 초대할까? 라는 농담을 했다.
친구는 한참 웃으며 한번 해볼까? 라고 거들었다.
당연히 할 수 없다.
그 둘을 이 대화 창에 초대한 후에, 비록 컴퓨터가 매개라고는 하지만
이 집 작은 방 나에게까지 전해질 그 정적과 어색함을 상상하자 소름이 돋았다.
하지만 내가 지금 만약 아주 정신이 몽롱해서,
그냥 기분이 너무 꿀꿀하고 일탈을 하고 싶어서,
막말로 그냥 손가락이 미끄러져서
간단히 마우스로 클릭 한번만 하면
그 엄청난 상황이 일사천리로 전개될 것이다.
클릭을 딱 한번 하기만 한다면
우리는 헤어지고 오랜 시간 침전되었던 관계의 주인공들을 현실에, 지금 바로
여기에
불러들일 수가 있다. 이 무슨 마법같이 신기한 세상인지,
이 무슨 깃털처럼 가벼운 세상인지!
일단 하기만 한다면. 일단 하기만 한다면.
그래서 안 했다.

감자깡

횡단보도에서 신호를 기다리고 있었는데
내 허리쯤에나 올만한 꼬맹이가 지금 바로 막 산 감자깡을 뜯지 못해
쩔쩔매고 있었다.
과자봉지 위 부분에는 고집스러운 이빨자국이 선명한데,
아직 봉지를 뜯는 요령이 없는지 열심히 쥐어뜯는 그 아이가 왠지 귀여웠다.
그때 아주 귀엽게도 그 아이가 나를 물끄러미 올려다보며
"이것 좀 까주세요"
라고 말했다.
아! 세상에나. 나는 엄마가 된 마음처럼 다정하게 그 과자 봉지를 까 주었다.
어렵지도 않게, 가운데 부분을 잡고 힘을 주어 당기니 예쁘게 위 부분이
개봉되었다.
이 쉬운 동작이 아직 이 어린이에게는 익숙하지 않다.
앞으로 수백 번의 과자봉지를 뜯다 보면 어느새 너도 어른이 되어 있겠지
아이는 감자깡을 안고 힘차게 달리며 사라졌다.
하나쯤은 누나한테 줄 수도 있으련만.

사랑니

사랑니를 뽑았다. 아래 두 개, 위에 두 개

수십 년 입안에 있던 치아 두 개가 나가서인지 허전함이 느껴진다.

혀로 깊이 눌러보면 뻥 뚫린 빈 자리가 있어서.

필요가 없는 치아니까 뽑는다고 하지만 있으나마나 한 존재인 사랑니도

분명 자기만의 존재감을 갖고 있었던 것 같다.

그런데 신기하게 며칠쯤 뒤부터 빈 자리에 살이 올라와서

이제는 이전과 같은 뻥 뚫린 느낌은 줄어들었다.

적당히 홈이 파인 느낌이라 사랑니가 있던 자리였다는 것이 그렇게 실감이

나지 않는다.

이제 시간이 좀 더 지나면 사랑니가 있었다는 느낌마저 가물가물해질 수 있다.

싸 인

초등학교 때 어른흉내 내려고 싸인을 만들어둔 게 다행이라는 생각이 든다.
각종 거래할 때 나보고 싸인 하시라고 하면 진짜 웃긴다.

종업원을 붙잡고 "이 싸인이 어떻게 만든 건 줄 알고 나보고 싸인 하라는
거예요?"
라고 묻고 싶을 때가 한두 번이 아니다.
스케치북에 크레파스로 엄마 싸인 흉내 내가며 한 장 한 장 신나게
손에 익힌 내 싸인.

엄마가 비싼 스케치북에 왜 이런 짓거리를 하냐며 나무랐었는데.

이렇게 어른들 세계에서 통할 줄 알았으면 좀 더 세련되게 만드는 거였는데.
그땐 이렇게 쓰일 줄 전혀 몰랐으니까….

20살 때 처음 통장을 만들면서 창구언니가 싸인 하시라는 말에
엉겁결에 어릴 때 연습했던 싸인을 해버리고는,
이제는 갑자기 싸인을 바꾸면 성가신 일 생길 거 같아서 그냥 그 싸인 그대로
쓰고 있다.
친구한테 말하니 자기도 그렇게 만든 싸인이라며 웃었다.
능숙하게 싸인 하는 어른들, 사실 다들 처음에는 어설펐겠지?
날 때부터 자기 싸인을 갖고 태어나는 사람은 없을 테니까.

미스 박

지난 해에 썼던 다이어리를 읽어봤다.

4월 23일 날짜에, "Miss.Park 진짜 짜증나. 얘 진짜 싫다"

라고 써 있었다. 다이어리는 늘 들고 다니기 때문에 혹시 잃어 버렸을 때
누군가에게 해독되는 것을 방지하기 위해 늘 주변인을 별명이나 익명으로
기입하는데

miss park 역시 그 중 한 사람인 거 같다.

근데 정말 아무리 생각해봐도 4월 말쯤 나를 기분 나쁘게 한 여자 박 씨가
생각이 나질 않는다.

다이어리에 쓸 정도면 꽤 많이 기분이 나빴나 본데, 구체적인 사실을 안 쓰고
한 줄만 써놔서 그런지 도통 감을 잡을 수가 없다.

게다가 내 주변에 여자 박 씨는 없는 거 같다.

생각해보니, 불과 8개월쯤이면 까맣게 잊어버릴 사건과 까맣게 잊어버릴 애
때문에

4월 23일 열 받아 있었을 나를 생각하니 웃음이 난다.

그 봐. 이렇게 잊혀질 일을 뭘 그렇게 열을 냈어?

오늘의 안타까운 시리즈

1.

사실 천성이 착하다는 것이 빤히 보이는데

대화 기술이 없어서 밉살스런 말만 내뱉고

사람들로부터 오해를 사는 사람은 나를 안타깝게 한다.

그는 뭉툭하게 말을 뱉고는 표정이 굳는 사람들을 이해하지 못한다.

사실 나는 왜 그가 어떤 말은 다른 사람들을 불편하게 할 수 있다는 것을

알지 못하는 지 알 수 없다. 그런 것은 살면서 아주 자연스럽게 배우게 되는

것이다.

하지만 더 이해가 안 가는 것은 사람들의 태도다.

아무도 그에게 그런 태도는 나쁘다고 말해주지 않는다.

분명 그는 그런 다른 사람들의 심정을 안다면 사과하고 고칠 인성이 갖춰져 있다.

다른 사람들도 그 정도는 알고 있을 것이다.

그런데 모두가 굳은 표정으로 냉담하게 돌아서고는

"그 애는 구제불능"이라며 고개를 젓는다.

"그 애는 단지 모르는 것뿐인데"라고 옹호하면

"그 나이에 아직도 모르면 문제야" 라고 포기해버린다.

하지만 사람들이 이렇게 귀찮아서 차일피일 미루다 보면

그 아이는 영문도 모른 채 사람들이 돌아서는 것을 지켜봐야 할 것이다.

2.

굽은 등에 학생들이나 맬 법한 배낭을 메고 다니는 할머니들은
나를 안타깝게 한다.
대중교통에서 만나는 많은 할머니들이
자기 등보다 훨씬 큰 가방을 들쳐 업고
어디론가 이동한다.
가방에 뭐가 들었는지
어디에서 어디로 가고 있는지는
아무도 알지 못한다.

3.

멀어져 가는 인연을 잡아 붙들어 매려고
안간힘을 쓰는 사람은 나를 안타깝게 한다.
잘해주면 잘해줄수록 빠져나갈 것이 뻔한데
당사자에게는 어떤 조언도 들리지가 않는 것 같다.
"너 만한 사람이 어디 있다고!"라고
힘을 주어 말해주어도 눈은 이미 먼 곳을 보고 있다.

4.

늦은 밤,
불 꺼진 거실에서 "엄마가 뿔났다"를 곱씹어 시청하는
엄마의 뒷모습은 나를 안타깝게 한다.
"내가 너를 어떻게 키웠는데, 나 이제 쉬고 싶어"
라는 김혜자의 대사 부분에서는 볼륨이 올라간다.

게이쇼

지난 여름 오사카에서 만난 친구 게이쇼에게서 메일이 왔다.

잘 지내고 있으며 막바지 수능 준비로 정신이 없다고 한다.

그는 이미 생물학을 전공하였는데, 의대에 가기 위해 재수 기숙학원에 있었다.

나는 당시 일본어를 전혀 못하면서도 오사카 성을 가보겠다고 지하철에 들어와 노선을 보고 있었는데, 전부 일본어로 쓰여있어 앞이 깜깜했었다.

그때 옆에 있던 게이쇼에게 지리를 물어보다가, 오키나와에서 갓 올라온 그 역시 오사카 성에 가보고 싶었다며 동행해주었던 것이다.

나는 사실 역사나 유적지에는 관심이 없었고

오사카 성 정도는 기념으로 먼 발치에서 본 다음에,

근처 파르페 집 같은 곳에 앉아 에어컨 바람이나 맞고 올 요량이었지만

열심히 자기나라 역사를 설명하려는 그의 노력에 차마

아이스크림이나 먹으러 가자는 말이 나오지 않았다.

아무튼 그래서 둘러보던 중,

"생물학과나 나와놓고 왜 갑자기 의대를 가?"

라고 물었다. 그는,

"부탄에 가고 싶어서!"

라는 대답을 했다.

전혀 예상도 못한 대답에 난 그 애가 특이해 보이기 위해 과장을 하고 있다고 생각했다.

"무슨 부탄이야~"

하며 좀 웃었는데, 뜻밖에도 그가 가방에서 부탄 가이드 북을 꺼내고 있었다.

그는 정말 부탄에 가려는 것이다.

그 멀고도 먼 부탄이라는 곳이 그의 가방 안에 가이드 북 형태로 저장되어 있을 때는

이미 현실이 되고 있는 것이다.

"근데 왜 부탄이야? 필리핀이나 캄보디아 같이 좀 들어본 데도 있는데."

그러자 그가

"국민들의 행복지수가 제일 높은 나라가 부탄"이라고 설명해 주었다.

"그건 방글라데시인데?"

라고 묻자 몇 년 전부터 리서치 결과가 바뀌었다며 흥분했다.

그래, 그럴 수도 있으니까.

그날 그가 기숙학원 입구로 들어가는 것을 본지 벌써 6개월이 지나가고 있다.

좁은 기숙사 책상에 앉아 당장 눈앞에 문제집과 필기구를 놓고 씨름하고 있지만

그의 가방에는 부탄으로 안내하는 책이 한 권 있고

그의 머리 속에는 부탄에 가 있는 그의 모습이 있다.

좋은 결과 있길 바란다.

자신감

자신감 있는 사람, 자존감이 높은 사람의 의미를
오해하기가 쉽다.

자신감이 있어 보이고, 자존감이 있어 보이는 사람은 많다.
그러나 그가 가진 것이 없어지고
그가 배운 것이 없고
그리 아름답지 않을 때
그리 화려하지 않고
주위에 대단한 친구들이 없을 때

그때에도 자신을 믿고 존중할 줄 아는 사람은 많지 않다.

사실 아름답고
화려하고 잘 배웠고
높은 위치에서 돈이 많은데
주눅든다면 그 사람이 이상한 것이다.
주변에서 그를 떠받치기 때문이다.

그러니 그의 당당해 보이는 듯한 태도는
모래성같이 취약한 토대 위에서 만들어진 것이다.
그는 자신의 조건이 자신의 체면을 깎아먹을 것을

가장 두려워한다.

오직 자신을 당당하게 하는 그것들만이

자신을 지탱하는 힘이 된다.

자신에 대한 믿음을 외부에서 찾고

다른 사람들에게 확인받고 인정받기 위해 발버둥친다.

하지만 그런 거품을 덜어낸 후에도

흔들리지 않는 믿음을 갖고 있는 사람은

자신감이 있는 사람이다.

자기가 지나온 시간에 대해

자기의 경험에 비추어

자신이 대단하고 당당하다는 것을 알고 있고

그것을 동력으로 삼아

어디로 나아가는 법 또한 잘 알고 있기 때문이다.

그래서 자신감이 있는 사람은

작은 것에 초조하지 않는다.

동 생

요새 마음이 뭔가 허전하고 뻥 뚫린 기분이 며칠 째인데
가끔 볼일이 있어 혼자 시내를 나갔다 오는 등의 일이 있으면
혼자 나가기가 꺼려진다.
혼자 길을 나서고
대중교통을 타고
그 머나먼 길을 홀로 걸으며
홀로 일을 처리하고
홀로 집에 돌아오는 길이

전에 느낀 적 없이 쓸쓸하고 길게 느껴진다.

그래서 요새 이런 일에 동행해주는 것이 남동생인데
아주 고마운 마음이 든다.
사실 얘랑 별 의미도 없는 수다를 떨며
하루를 보내느니
책 한 권을 보는 것이 훨씬 영양가가 있을 것 같지만
그래도 누군가 옆에 하루 종일 있는 나의 하루가
요새 나에게 더 필요한 것 같다.

그런데 아까는 치과도 같이 가고
헬스장도 같이 가다가

218

문득 말이 튀어나왔다.

형제가 하나 더 있으면 좋겠다.
왜?
한 명은 너무 지겹다.
너무 뻔하고
너무 지겹고
식상해져 버렸다.

만약 두 명이라면
오늘은 다른 형제와 이야기할 수 있을 것이고
여러 형제들간의 관계 속에서
재미있는 일이 벌어질 텐데
(한 명이 한 명하고 싸워서 나머지 한 명이 편을 들어주고
또 한 명이 험담을 했는데 나머지 한 명에게 그게 들키고… 이런 것들)

내가 말했다.
넌 식상해.

동생이 말했다
넌 못생겼어.

그 멘트조차 식상했다.

주체가 되는 길

용기가 없을 때 다른 사람들에게 조언을 구하고
나아갈 방법을 묻고 하다가
순간 내가 바보같이 느껴질 때가 있다.
저 사람들이 뭘 안다고
저들에게 믿음을 구하려고 할까.
불안하면 불안할수록
두려우면 두려울수록
나에게 확신을 주는 몇 마디를 남에게서 기대한다.

기분은 좋을 수 있지만
이제 그런 것에 일희일비하지 않기로 했다.

사실 이 지구 위에 내 두발로 서 있는 것 자체도
상당히 무섭고 두렵고 외로운 것이다.

눈 감으면 코 베이고
어제 알던 사람이 타인이 되고
아무도 내 입에 떠먹여주지 않으며
안아주지 않으면 안지 않는다.

이 세상에

두발로 서 있는 것 자체도 참 대단한 것이다.

무모해 보일 수도 있지만
믿음을 나에게 구하고 나를 믿고 나아가는 연습을 해봐야겠다.
나를 믿을 수 있을까? 라는 의구심이 당연히 들고
나에 대해 확신할 만큼 자신만만하지도, 그렇게 잘나지도 못하다.
하지만
어른이 되면 될수록 나에게 확신이 있다는 연기를 원하는
사람들이 많아지고,
심지어 어른들마저, 부모님마저 연기나마 내가 그렇게 보이길 원한다.
약한 모습을 보고 싶어하지 않는 것이다. 비록 그것이 진실이라도.

언젠가는
내가 의지할 사람보다 나를 믿고 의지하려는 사람들이
훨씬 많아질 것이다.
그때 나는 그다지 겁나지 않는 척하며
"나만 믿어"
라는 말을 할 줄 아는 어른이 되어있고 싶다.
우리 부모님이 나에게 그랬듯이.

별로 겁내지 않고 싶다.

나를 믿고 나아가자. 딱히 나보다 더 믿을 사람도 없으니까.
주체가 되는 길은 멀고 험하다.

너는 비록 죽지만 언제까지나 살아있을 거야!
라는 대사에 대한 고찰

누군가가 어딘가에 살아서 존재하고 있다고
내 마음에게 전해주는 어떤 신호가 있었으면 좋겠다.
그래서 우리가 어떤 이유로 그 사람과 단절되었다고 하더라도
우리 마음속에서 그 신호가 은은하게 울리는 순간에
아, 너는 거기에 존재하고 있구나!
라는 안심과 위안만이라도 느낄 수 있다면.

주인공이 죽어가는 영화 속 한 장면에서
그는 아주 상투적인 말을 내뱉는다.
"내가 비록 죽지만 너의 마음속에서 언제까지나 함께 할 테니 슬퍼하지마."
백 번 옳은 말이다.

내가 믿고 있는 한
영원히 내 마음속에 남아 있을 거야.
존재와 그 존재에 대한 기억은
이렇게 주관적이고 해석적이고 사후적일 수 있다.
그러니 누군가에게 기억되고 싶은 인간으로
철저하게 연기하며 사는 인간이 있더라도 손가락질 할 것이 아니다.
그가 진실했건 아니건,
우리에게 좋은 인간으로 기억되어주는 것만으로도

나에게 선물을 해주는 셈이다.

너는 죽지만
내 마음속에 영원히 남아 있을 거야.

한편으로는,
그렇게 따져보면 머그 컵을 들고 이렇게 외쳐볼 수도 있다.
"안녕 머그? 넌 이제 내 소울 메이트야."
그리고 내가 부여하고 싶은 존재의 의미를 머그에게 준다.
이제 머그는 나에게 특별해진다.

좋은 것

좋은 것만 하고
좋은 말만 해야겠다
좋은 것만 먹고
좋은 생각만 해야지
좋은 사람만 만나고
좋은 행동을 하자
좋은 책을 읽고
좋은 공기를 마시자

예전에 알던 사람이 커피를 마시지 않아 의아했다.
커피숍을 가면 꼭 유자차를 시켰다.
왜냐고 묻자 그가 말하길

머리로 먹고 사는 사람은 정신이 맑아야 한다.

라고 말했다. 그래서 인스턴트도 안 먹고
고기도 안 먹는 그 사람을 보면서
사실 속으로 - 유난 떨고 있네 - 라며 욕했는데
그의 혜안에 종종 감탄한다.

가장 기억에 남는 것은 부정적인 말을 못하게 하는 것이었다.
욕을 하면 얼굴이 나빠진다는 것
나쁜 생각을 하면 표정이 나빠진다는 것

푸념이나 걱정은 속으로만 생각하게 했다.
어렵다. 힘들다. 슬프다. 외롭다. 짜증난다.
는 말을 하면 화를 냈다

힘들고 어려울 수 있다.
그럼 혼자 속으로 생각하고 버려라.
그걸 네 입 밖으로 꺼내는 순간
정말 그렇게 된다.

단호하게 말문을 막아버리던 그 사람에게 서운했던 적도 있다.
사람은 때로는 '힘들다!'는 말을 내뱉어
위로 받고 싶은 순간이 있지 않나
하지만 그 힘들다! 를 뱉는 순간 정말 내 자신이 힘들게 느껴진다.
외롭다! 를 내뱉는 순간 나는 정말 외로운 인간인 것이다.
슬프다! 를 내뱉는 순간 나는 슬픈 것이다.

그런데 가만히 생각해보면 그 상념은 찰나적인 것이고
누구나 그런 순간은 있다.
그 순간을 내 스스로 보듬고 한 발짝 떨어져 바라보며
지나가도록 관망하는 것이 좋다.
왜냐면 사실은 그렇지 않으니까.
원하는 대로 생각하고
원하는 것을 말하고
내가 가고 싶은 방향으로 나를 이끌면 된다.

문득 그 가르침이 오늘 생각이 난 건
커피를 먹고 속이 쓰려서 그렇다.

거대한 수레바퀴

저 친구는 평생 저 조그만 동네에 살면서,
그냥 저냥 직장을 다니고 적당히 승진을 하다가
자기 짝 만나서 결혼을 하고
조그만 집에서 시작해서 평생 오순도순
아기자기하게 살다 죽겠구나

라고 생각했던 친구가 있다.

내가 '뭔가 색다른 거 없을까?' 라고 두리번거린다면
그 친구는 늘 옆에 머물며
'열심히' 살아왔다.
그 친구의 앞날은 아주 뻔해 보였다.

그런데 그 친구가 상상도 못했는데, 외국에 가서 살게 될 것 같다.
거의 영구적으로.
아직 확실하지 않지만
거의 확실하다.

완전한 한국스타일의 성격에,
변화나 모험을 싫어하는 가정적인 친구였는데
어떻게 하다 보니 그렇게 됐다.

서운하고 보고 싶은 마음이 크지만 그것보다
나를 포함한 친구들의 운명이 거대한 수레바퀴처럼 굴러간다는 느낌을
갖는다.

거국적이고, 광활하고도, 예기치 못한 방향으로
운명이 흘러간다.
그 친구가 그 먼 이국 땅에서 살게 될 것이라고는
아무도 예상하지 못했다. 그 친구를 포함해서.

하지만 인생이라는 것은
종종 이렇게 거대한 흐름을 타고 달라진다.
어쩌면 앞으로 살면서 그 친구를 한 번 혹은 두 번밖에 못 볼 수도 있다.

나는 틈틈이 시간 날 때마다 불러 만나 수다나 떨던 그 친구를
이제 인생에 한두 번 만나게 될 거국적인 존재로 격상시키게 된다.

우리는 거대한 인생에서
거대한 만남을 갖게 될 것이다.
인생은 때로 이렇게 길다.

나는 내 일상의 많은 부분을 나눠온 친구를 떼내고
이 거대한 인생을 혼자 서는
독립적인 인간이 될 시험을 한 번 더 받게 된다.

하지만 또 마찬가지로
내 인생이라는 것도
내가 나름대로 세운 계획과는 아주 다르게 굴러갈 가능성이 크다.
그게 좋은 방향이든
나쁜 방향이든
일단 그런 거대한 수레바퀴가 구르기 시작하면

나는 두려움으로 덜덜 떨면서도
설레서 가슴이 벅차 오른다.

봄

오늘은 봄을 느꼈다.

에게 아직 2월인데?

라고 말하는 사람이 분명 있을 수 있다.
그러나 봄은 3월 달력을 펼치면서 시작되는 것이 아니고
여의도에 벚꽃이 피어야 오는 것이 아니다.
아가씨가 레깅스 대신 스타킹을 신어서 오는 것도 아니고
제철 딸기가 마트에 쌓여서 오는 것도 아니다.
알레르기 비염환자가 눈물을 흘릴 때 오는 것도 아니고
여름에 드러날 몸매가 걱정되기 시작할 때 오는 것도 아니다.

봄은 아주 찬바람이 부는 한겨울에라도,
조용히 걷다가 목 옆을 스치는
조금 다른 온기의 바람을 느낄 때
그 순간에 시작되는 것이다.

가던 길을 멈추고 잠시 서서
봄을 더 만지고 싶었는데
금방 찬 공기가 엄습했다.
하지만 오늘 분명 고요하게 온 그 봄을 잡았다.

봄이란 말을 누가 지었는지 모르겠지만
그 어감이 주는 따스함을 보면
감탄을 하지 않을 수가 없다.
봄봄봄봄봄봄봄봄

봄을 발음하는 처음부터 입술은 부드럽게 맞물리고
ㅁ으로 마무리되는 마지막은
여운을 길게 남긴다.
이걸 읽고 방금 봄을 말했다면
당신은 나를 좋아하고 있다.

또 방금 봄을 말함으로써
당신은 봄을 맞이한 셈이다.
봄이 이미 왔다.

봄이다.
봄이 왔다.